사람 사이에
삶의 길이 있고

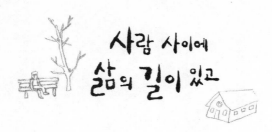

사람 사이에
삶의 길이 있고

도종환 외 지음
강혜원 엮음

사□계절

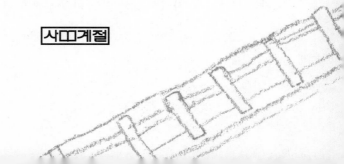

책을 내면서

　수필(隨筆)이란 '붓 가는 대로'라는 뜻입니다. 그러니까 수필이란 말 그대로 붓 가는 대로 쓴 글이라 할 수 있습니다. 그렇다고 해서 아무렇게나 썼다는 뜻은 아닙니다. 일정한 틀이나 원칙이 없이 자유롭게 쓴 글이라는 뜻이겠지요.

　수필을 이렇게 정의하다 보니 어떤 글을 수필이라 부를지, 그 범위가 무척 넓어집니다. 흔히 우리가 수필이라 할 때, 자기 체험을 바탕으로 자유롭게 쓴 산문을 가리킵니다. 보통 생활글이라 부르는 것이 그것이지요. 그러나 수필의 영역은 여기서 멈추지 않습니다. 편지, 수상문(隨想文), 일기, 전기 등 창작적 요소를 지닌 모든 산문을 수필의 영역에 넣기도 합니다. 이런 글들은 다 공통점이 있습니다. 소설이나 희곡, 시처럼 작가 자신이 또 하나의 세계를 창조하는 것과는 다릅니다. 자기가 살고 있는 현실에 발을 딛고 서서 그 현실을 바탕으로 글을 쓰는 것이지요. 그러다 보니 수필에는 작가의 개성이 강하게 담겨 있습니다. 사람과 자연, 삶을 바라보는 작가의 눈길이 직접 느껴집니다. 그만큼 독자는 작가의 가까이에서 사람살이의 여러 문제를 생각하게 됩니다.

요즘 청소년들을 위한 수필 모음이 많이 나오고 있습니다. 우리나라의 대표적인 수필을 모은 책도 여러 권 있고, 외국의 수필을 모은 책도 있습니다. 어떤 책들은 우리 역사에서 뛰어난 자취를 남긴 사람들의 작품을 엮기도 했고, 어떤 책들은 이름난 작가들의 작품을 모아 엮기도 했습니다. 그런데 여러분은 그런 책들을 읽으면서 한 가지 아쉬움이 남는 것을 느꼈을 것입니다. 살아가면서 느끼는 여러 가지 슬픔과 기쁨, 감동, 분노, 이런 것들을 글쓴이와 함께 고민하고 싶은데, 지금 청소년들이 사는 세상과는 너무나 동떨어진 이야기, 청소년 시절의 관심과는 너무나 거리가 먼 글들이 많기 때문입니다.

이 책은 청소년들을 위한 수필을 모아 엮은 책입니다. 이런 글이라면 우리 청소년들이 관심을 갖고 있으리라고 생각되는 글, 이런 글이라면 지금 우리 청소년들이 고민하는 문제에 실마리를 던져 줄 수 있으리라고 생각되는 글, 또 글이 담고 있는 아름다움과 진실을 청소년들이 함께 나누었으면 좋겠다 싶은 글들을 모으려고 애썼습니다. 도서관과 책방에 쌓인 많은 수필집들을 뒤적이고, 요즘 몇 년 사이에 나온 정기 간행물을 훑어보면서, 한 편 한 편 엄선한 글들입니다.

엮은이의 게으름 탓으로 청소년들이 읽을 만한 소중한 글들이 빠졌을지도 모릅니다. 부족한 점들은 앞으로 다른 분들이 채워 주길 바랄 뿐입니다.

1권에는 '사람 사이에 삶의 길이 있고'라는 제목을 붙였습니다. 어떻게 살아갈 것인가, 어떤 삶의 자세를 가져야 할 것인가, 사람과 사람 사이에서 따뜻한 사랑을 나누며 함께 살아가는 것이 어떤 것일까, 우리는 모두 이런 문제를 생각합니다. 특히나 청소년기는 이성에 대한 호기심이 싹트고 진실한 사랑에 목마를 때입니다. 청소년들보다 앞서 세상을 살아가고 있는 선배들이 자신의 삶을 통해 얻은 소중한 깨달음을 담은 글들이 여기 실려 있습니다.

1장 '인생의 길목에서'는 어떤 마음가짐으로 살아갈까를, 2장 '나는 어떻게 인생을 배웠던가'는 인생 경험을 통해 얻은 깨달음을 보여 줍니다. 3장 '남과 여, 그리고 사랑'은 남녀간의 사랑 문제, 남자와 여자가 모두 인간답게 사는 세상에 대해 생각해 보는 글들입니다. 4장 '내 가까운 사람들'에는 가족간의 사랑, 우정의 소중함을 생각하게 하는 글들이 실렸습니다.

2권에는 '조금만 눈을 들면 넓은 세상이 보인다'라는 제목을 붙였습니다. 나를 둘러싼 좁은 세계에서 벗어나면 정말 너른 세상이 있습니다. 그것은 함께 도우며 살아가야 할, 바로 우리의 사회이고, 역사의 자취를 안고 있는 이 땅과 이 하늘입니다.

1장 '젊은이여, 청소년이여'는 우리 선배들이 청소년들에게 들려
주는 귀중한 체험과 당부의 글입니다. 2장 '살아 숨쉬는 땅과 사람
들'에는 우리 땅에 대한 사랑과 우리 땅에서 느끼는 감회를 담은 글
을 실었습니다. 3장 '역사의 물굽이를 헤쳐 가는 우리 민족'은 우리
역사의 물줄기가 휘어지던 그 굽이굽이를 되돌아보는 글들입니다. 4
장 '함께 살아가는 이 세상'에는 우리 이웃들의 삶이 담겨 있습니다.
농민, 노동자, 집 없는 이들을 위해 고민하는 사람들의 이야기를 엿
볼 수 있을 것입니다.

이 책에 실린 글들은 분명 삶의 길목에서 청소년 여러분들에게 소
중한 길잡이 역할을 하리라 생각합니다. 삶의 자세를 가다듬는 데,
사람과 사람 사이에 오가는 따스한 정을 확인하는 데, 더 너른 세상
을 생각하는 데 보탬이 되리라 생각합니다.

강혜원

『사람 사이에 길이 있고』

차례

엮은이의 말

인생의 길목에서

전우익 삶이란 그 무엇인가에, 그 누구에겐가에 정성을 쏟는 일 . . . 13

도종환 당신은 풀 한 포기보다 떳떳하게 살았습니까 . . . 23

강은교 인생의 시냇물을 건너 . . . 33

석지현 가슴은 왜 이렇게 타지 않는가 . . . 41

나는 어떻게 인생을 배웠던가

백기완 나는 어떻게 인생을 배웠던가 . . . 49

권정생 사는 거야 어디서 살건 . . . 65

김정한 반골 인생 . . . 73

노무현 나의 인생, 나의 분노 . . . 89

남과 여, 그리고 사랑

최성수   신데렐라가 사라질 때까지 . . . 103
김형석   나는 사랑한다, 그러므로 나는 있다 . . . 111
윤명혜   "엄마가 최초의 여자가 아니니?" . . . 123
장기표   사랑의 원리 . . . 139

내 가까운 사람들

정진홍   그 '사나이'의 눈물 . . . 157
최정현   내 손으로 아기 기르는 재미 . . . 173
이상석   외할매 생각 . . . 187
김영현   호박 . . . 213
신영복   청구회의 추억 . . . 223

「조금만 눈을 들면 넓은 세상이 보인다」

젊은이여, 청소년이여 윤구병 | 도종환 | 백기완 | 이호철
살아 숨쉬는 땅과 사람들 이이화 | 신경림 | 곽재구
역사의 물굽이를 헤쳐 가는 우리 민족 이옥분 | 김 구 | 장준하 | 함석헌
함께 살아가는 이 세상 김진경 | 박완서 | 고재종 | 김종철

인생의 길목에서

전우익

(1925~2004)

경상북도 봉화에서 부유한 지주의 아들로 태어났다. 중동중학을 졸업하고 경성제국을 다니던 중 혼란스러운 정국 탓에 학업을 그만두었다. 1947년 좌익 계열의 '민청'에서 반제국주의 운동을 한 것이 빌미가 되어 한국전쟁 후 사회안전법 위반으로 옥고를 치렀다. 그 후에도 연좌제와 보호관찰 처분을 받아 주거제한을 당하는 등 65세까지 자유롭지 못했다. 1993년 신경림 시인의 주선으로 가까운 사람들에게 쓴 편지글 모음인 『혼자만 잘 살믄 무슨 재민겨』를 출판하였는데, 이 책이 2002년 한 방송사의 프로그램에 소개된 후 100만부가 넘게 팔리며 자연에 순응하며 사는 삶의 진솔함에 대해 크게 일깨웠다. 나무를 정성스럽게 가꾸는 일에 대한 질문에 전우익은 이렇게 말했다. "내가 나무 키우며 알게 된 건데, 나무도 가물어야 뿌리를 더 깊이 내려. 가뭄이란 악조건을 나무는 악조건 그대로 받아들인다는 거야. 하지만 인간은 악조건을 그대로 받아들지 않고 '개발'을 하거든. …… 선은 선으로 악은 악으로 덤덤히 받아들이는 텅 빈 마음이 필요하다는 걸 얘기하고 싶었네, 이 늙은이가." 무명씨를 뜻하는 '언눔', 아무렇게나 굴러다니는 일꾼을 뜻하는 피정(皮丁)을 아호로 쓰던 전우익은 '고집쟁이 농사꾼'이라는 별명이 평생 그를 따라다녔듯이 한평생 고향에서 농사를 지으며 살다가 2004년 자택에서 별세하였다. 『혼자만 잘 살믄 무슨 재민겨』 외에도 산문집 『호박이 어디 공짜로 굴러옵디까』 『사람이 뭔데』를 펴냈다.

삶이란 그 무엇인가에,
그 누구에겐가에 정성을 쏟는 일

　　스님, 거처하는 방문 앞 아름드리 느티나무 잎이 마지막 역사
(役事)인 아름다운 단풍으로 물들었다 다 떨어졌겠지요.

　　잎을 훌훌 털어 버리고 엄동을 맞을 비장한 차비로 의연하게 버
티고 서 있는 모습이 스님의 모습과 겹쳐 든든하고도 선합니다.
고난의 길을 뚫고 가려면 간편한 몸차림을 하라는 가르침인가요?
해마다 낙엽을 보며, 또 엄동에 까맣게 언 솔잎을 보며 느끼는 일
입니다. 참삶이란 부단히 버리고 끝끝내 지키는 일의 통일처럼 느
껴집니다. 신진대사가 순조롭게 이루어져야 생명의 운행이 제대
로 이루어지는 이치와 같습니다.

　　가을의 낙엽에서는 버림, 청산을 결행하고, 겨울의 얼어붙은 솔
잎에서는 극한의 역경에서도 끝내 지켜야 할 것은 지키라는 것을,
온몸으로 그 가르침을 배운다고 여기면서도, 그게 쉽지 않고 버리

기도 지키기도 힘들다는 점만을 알 따름입니다. 그러다 보니 어정
쩡하게 목숨만 이어 갑니다. 버릴 줄 알아야 지킬 줄 알겠는데, 버
리지 못하니까 지키지 못합니다.

　느티나무는 가을에 낙엽 진 다음, 해마다 봄이 되면 새 잎을 피
울 뿐만 아니라 껍질도 벗습니다. 누에를 쳐 보니, 다섯 번 잠을
자고 다섯 번 허물을 벗은 다음 고치를 짓습니다. 탈피 탈각이 없
이는 생명의 성장과 성취는 불가능하다고 봅니다. 탈피 탈각을 하
지 못하면 주검이겠지요.

　단풍과 지는 해가 산천을 아름답게 물들이는 것을 보면서 때때
로 인생의 마지막을 저렇게 멋지게 마치진 못할망정 추접하게 마
치지는 말아야 하는데 하고 느낍니다. 사실 마지막이란 일상이 쌓
여서 이루어지는 거지, 어디서 느닷없이 나타나는 게 아닐진대,
삶이 제대로 이루어져야 끝마침도 제대로 이루어지겠지요. 제대
로 이루어진다는 건 자연의 운행과 역사의 과제에 충실한 삶을 사
는 건데, 세상의 흐름은 자연과 멀어지고, 역사보다는 순간과 개
인적인 삶으로 오그라드는 것 같습니다.

　한로(寒露)와 추상(秋霜)이 낙엽과 결산을 결행하듯 각자는 자
기에게 추상 같을 수 있어야 타락과 답보에서 벗어나 옳게 살 수
있고, 민족도 때때로 추상을 내리고 벽력을 쳐서 민족 정기를 바

삶이란 그 무엇인가에, 그 누구에겐가에 정성을 쏟는 일

로 세워야 제 모습을 되찾을 수 있을 터입니다. 얼버무림은 단풍도 낙엽도 가져오지 못하고, 더더욱 새로운 생명을 탄생시키지도 못할 뿐 아니라, 압살시키고 말지요.

자연계가 한 해에 몇 차례 태풍과 뇌성벽력을 쳐서 생태계를 추스르듯, 개인과 사회도 그런 일이 생겨 생명을 추스르고 침체의 늪에서 떨쳐 일어나야겠습니다.

그런데 스님!

추상으로 낙엽이 지는데, 우리 농촌은 그 무슨 얄궂은 돌개바람이 불어서인지 젊은이들이 혹은 온 집안이 정든 고향을 떠나갑니다. 무슨 경(經)을 외어 이 바람을 잠재울 순 없을까요? 농가는 이 가을에 빚을 털어 버리고, 민족은 이 가을에 분단의 장벽을 털어 버려야 하는데, 그게 찰거머리처럼 달라붙어 피를 빨고 있습니다.

올해 책정된 쌀값과 수매량으로는 농가 빚의 이자도 안 됩니다. 농민은 다 빚쟁이고, 노동자는 46퍼센트가 빚쟁이랍니다. 몇 퍼센트 몇 퍼센트의 인상이 사람을 살리는 게 아닙니다. 쌀값이 빚이나 갚을 수 있게 해야지, 거기 무슨 딴 수작이 있겠어요? 구도하시는 스님들도 공양을 들여야 염불도 참선도 하시는데, 밥 먹고 사는 사람이 쌀을 업신여기는 건 백성을 얕잡아보는 데서 나옵니다. 농민들의 추상 같은 벼락만이 빚을 떨쳐 버릴 수 있고, 민족의 추상 같은 뇌성벽력 없이는 분단의 장벽은 허물어지지 못할 것 같아요. 때때로 백성과 민족의 본때를 보여 줄 필요가 있습니다.

　스님, 딴 일은 거의 끝나고, 요 며칠째는 산수유를 따고 있습니다. 퇴비만 주다가 올핸 뒷거름을 듬뿍 주었더니, 가지가 땅에 닿도록 지천으로 열렸습니다.
　수유 키운 이야길 좀 해 볼게요.
　한 십오륙 년 전 가을, 외가에 갔다가 외가 뒤안에 빨갛게 익은 수유를 처음 보고 정이 쏠려 심어 보겠다고 마음먹었습니다. 씨를 구해 이른 봄에 심었습니다. 몇 달이 되어도 수유는 나지 않고, 풀만 잔뜩 나서 혼이 났는데, 수유는 늦여름에야 나기 시작했어요.
　씨는 다 봄에 뿌린다는 게 저의 상식이었습니다. 그런데 그게 아니었어요. 수유 씨는 아주 단단해요. 살구 씨, 복숭아 씨보다 더 단단해요. 나중에 알아보니, 수유 씨는 가을에 심어야 봄에 싹이 튼대요. 배추, 무 같은 건 그저 적당히 뿌리면 싹이 트지만, 도라지, 우엉, 황기 같은 건 해동되자마자 씨 뿌릴 골을 단단히 밟아 수분 증발을 막아야 씨가 제대로 싹틉니다.
　씨라는 것도 제각기 나름대로의 성질이 있다는 걸 알았습니다.

삶이란 그 무엇인가에, 그 누구에겐가에 정성을 쏟는 일

씨앗보다 좀더 복잡한 인간이나 인간 집단은 또 나름대로의 성질이 있겠지요. 그걸 탐구하는 것이 종교인가요? 골치 아프겠습니다. 인간을 인간으로 서게 하기 위해선 그러한 탐구가 필요할 것 같습니다.

씨앗 이야기 나온 김에 채종(採種) 이야기를 좀 해 볼게요.

전에는 자기가 지은 논밭에서 잘 된 이삭이나 고추를 따서 심었는데, 몇 해 전부터 나락 씨는 면사무소, 고추 씨나 배추 씨 같은 건 종묘상에서 사다 심습니다. 며칠 전 텔레비전 뉴스에 봉화 지방에서 중만생종 볍씨를 심어서 제대로 여물지 않아 손해를 봤다는 게 있었고, 영양에서 농민 운동의 도화선이 된 감자 씨 사건도 씨가 싹트지 않았던 데서 일어났습니다.

물론 육종은 시험장에서 해야겠지만, 씨앗을 남에게 전적으로 의존한다는 건 중대한 문제 같습니다. 자가 채종이 불가능한 부분은 외부에 의존할 수밖에 없지만, 이제 농민들은 거의 아무런 고뇌 없이 씨앗을 거의 다 외부에 의존하고 있습니다.

이건 어찌 생각하면 농사짓기가 편해졌다고 할 수도 있으나, 실은 핵심의 일부를 놓치는 결과를 가져온 게 아닌가 여겨집니다. 그 부작용으로 해마다 몇 건씩 면과 종묘상을 상대로 농민들이 소동을 벌여요. 그래서 수유를 심기 시작했습니다. 한약방 차린 아는 젊은이에게 수유 심은 이야길 하니까, 그게 언제 커서 돈이 되겠느냐며 나무랐고, 이웃들도 한 5년이나 10년쯤 있어야 돈이 된다니까 거들떠보지도 않습니다. 당장에 수가 나지 않는 일은 않겠다는 것이었습니다.

나무 심어 10년은 잠깐입니다. 5년쯤 되자 초봄에 노오란 꽃이 몇 개 달리기 시작하더니, 10년쯤 되자 꽤 커서 초봄의 추위를 뚫고 피어난 노오란 꽃이 봄 추위를 녹여 주고, 정취를 돋우어 주었습니다. 그래서 추사(秋史)도 황화주실(黃花朱實)이란 글귀를 썼는가 봅니다.

묘목을 가꾸어 이웃에 나누어 주며 눈치를 살폈습니다. 큰 나무를 달라는 사람에 섞여 몇몇 사람들은 씨앗을 달라고 했어요. 그들만 기억에 생생합니다. 그들은 끝끝내 수유를 키우고 가꿀 겁니다. 비록 수유값이 똥값이 되더라도.

나무를 어찌 돈으로 따지겠어요? 살기가 하도 급하다 보니 조급해서 그런 거겠지만, 수유 심는다고 나무라던 이웃들은 아직도 그 구렁에서 헤어나지 못하고, 수유는 커서 심은 이에게 물심양면으로 도움을 주고 있습니다.

스님, 나무를 심는다는 건 희망을 심는 일이며, 조국 강산을 수

삶이란 그 무엇인가에, 그 누구에겐가에 정성을 쏟는 일

놓는 일입니다. 희망이란 절망에서 솟아나는 것이고, 황폐했기에 나무를 심습니다. 산과 들에는 나무가 우거지고, 동리에는 인재가 득실거려야겠습니다. 전 농촌에서 나무를 심겠어요. 스님은 그 곳에서 이 나라의 주춧돌과 대들보가 될 인재들을 키우고 계시겠지요.

　땅 위에 빈터는 없어요. 음지를 좋아하는 놈, 양지에서 잘 자라는 것, 반음반양에서 잘 되는 것, 여러 가지가 있어요. 곡식은 북주며 메가꾼다고 하는데, 마늘 같은 건 북주지 않고 뿌리담을 파헤쳐야 알이 굵게 맺힙니다. 일률적이 아닙니다. 스님께서도 사람들을 만나 보면 가지각색이지요. 가가붓자식이란 말이 있지요. 세상은 재미있고, 사람이란 참 묘하고 기이한 존재 같은데, 식물도 그와 같아서 농사짓는 재미가 있습니다. 아마 일률적이면 싫증이 나서 농사가 짓기 싫고, 사람이 몇 종류뿐이면 세상은 삭막할 것입니다.

　세상에 문제가 많다는 것은 사람의 다양성에 기인하는 건데, 그건 어쩔 수 없는 좋고도 골치 아픈 일이지만, 공통점도 많아요. 못먹으면 배고픈 게 사람의 약점이라고 루쉰(魯迅)이 말했지요. 추위, 더위 함께 타고.

스님, 술에다 수유를 담가 석 달쯤 두면 약주가 됩니다. 약효는 수렴, 자양 강장, 식욕 증진 등인데, 술을 담그면서 생각해 봤어요. 사람도 변할까? 술은 담그다 보면 왕왕 썩기도 해요. 부패, 타락, 왜소화가 아닌 참된 의미의 인간 개조가 과연 가능할까? 이건 사람의 사람에 대한 믿음 같기도 합니다. 지금의 그 사람들이 처음부터 그러했는가? 사회적으로 시달리며 이리 밀리고 저리 밀리다 보니 그렇게 된 게 아닌가? 그렇게 태어난 것이 아니고, 그렇게 만들어졌는데도 다들 타성에 젖어 휩쓸려 갑니다. 우뚝 버티고 서서 방향을 찾게 할 수 있는 힘은 없을까 생각해 봅니다.

철 따라 옷 바꾸어 입는 일에 골몰한 그들에게 세상을 바꾸자는 말에 귀 기울이게 할 순 없을까? 더 값진 집과 승용차에 인생을 건 그들에게 세상을 바꾸자는 말이 먹혀 들어갈 수 있을까?

스님, 밭에 곡식이 제대로 자라지 못하니까 잡초, 독초가 기를 쓰고 자랍디다. 곡식이 자리잡고 제대로 크면 잡초가 맥을 추지 못합니다. 세상도 그런 게 아닌가 여겨 봅니다.

세상을 만들기 위한 근본은 사람인데, 새로운 형태의 사람들이 나고 크는 일이 세상을 바꾸는 일의 근본이라 믿습니다. 그러한 사람들이 생겨나서 힘겹게 살기도 하고, 죽기도 하는 것 같습니다.

인간 개조에 대해서 신영복 선생님은 다음과 같이 말했대요.

삶이란 그 무엇인가에, 그 누구에겐가에 정성을 쏟는 일

"개인의 변혁 또는 개조도 그 사회적 수준의 변혁 또는 개조만
큼 가능한 것입니다. 나에게 계속 주어지는 과제는 나를 어디에
세우고, 어떤 과제 속에서 나의 일을 발견해 낼 것인가 하는 문제
라고 생각하고 있습니다. 지난 이십 년 동안 내가 추구해 온 자기
변혁, 자기 개조 작업의 연장선상에 나를 세우는 일이 과제로 주
어지고 있다고 생각됩니다."

　스님, 편지가 길어졌습니다. 별 볼일 없는 말은 길게 마련이지
요. 저는 요즘 이런 생각을 했어요. 삶이란 그 무엇(일)엔가에, 그
누구(사람)에겐가 정성을 쏟는 일이라고.
　스님, 안녕히 계십시오.

1989. 11. 4

전 우 익

도
종
환

(1954~)

충청북도 청주에서 태어나 충북사대 국어교육과를 졸업하고
충남대에서 박사 과정을 수료했다. 동인지 『분단시대』에
시 「고두미 마을에서」 등을 발표하여 등단한 뒤 교사의 길과 시인의
길을 함께 걸었다. 1989년 전교조 활동으로 인해 해직되었다가
1998년 해직 10년 만에 진천의 덕산중학교로 복직하여
아이들을 가르쳤다. 특히 1986년 부인과의 사별을 주제로 한
『접시꽃 당신』을 발표하여 많은 사람들의 심금을 울렸고,
이 시집은 백만 부가 넘게 팔리며 영화로 제작되기까지 했다.
그의 시와 산문은 해직 교사로서의 아픔과 우리 교육을 깊이
생각하고 희망을 찾으려는 의지를 담고 있으며, 인간에 대한 따뜻한
시선을 견지하고 있다. 도종환은 앞에는 아름다운 서정을 두고
뒤에는 굽힐 줄 모르는 의지를 두었다가 끝내는 그것을 일치시키는,
부드러우면서도 곧은 시인으로 일컬어진다.
시집 『고두미 마을에서』 『접시꽃 당신』 『당신은 누구십니까』
『부드러운 직선』 『슬픔의 뿌리』 『사람의 마을에 꽃이 진다』
『해인으로 가는 길』, 산문집 『지금은 묻어 둔 그리움』 『모과』
『그때 그 도마뱀은 무슨 표정을 지었을까』 『사람은 누구나 꽃이다』
『마지막 한 번을 더 용서하는 마음』이 있다.

당신은 풀 한 포기보다
떳떳하게 살았습니까

소나무 사이를 빠져나가는 바람 소리가 들립니다.

내가 내 안에 오래 가라앉을수록 먼 곳의 바람 소리가 또렷이 들려옵니다.

몇 주일째 시 몇 편을 쓰다 지우고 쓰다 지우고 하고 있습니다.

지금은 몸과 마음이 모두 텅 비어 있는 시간입니다.

지금 나의 몸은 음식물은커녕 물 한 방울까지 받아들이지 않고, 안으로 스며드는 모든 것을 거부합니다.

다만 견뎌 내야 합니다.

담배 한 모금을 빨아들이다 구역질을 합니다.

가만히 눈을 감고, 정돈되지 않는 몸과 마음을 다독거립니다.

몸이 먼저 텅 비어 가고, 마음이 뒤를 따라서 비어 갑니다.

끝없이 가라앉아 가다가 문득 나는 나 자신을 얼마나 사랑하고

도 종 환

있는가 생각해 봅니다.

　이것은 지나친 학대가 아닐까 생각해 봅니다.

　김명수 시인이 「역기를 들면서」란 시에서 지혜롭게 말한 것처럼 '삶에는 내가 들 수 있는 만큼의 무게'가 있습니다.

　지나친 의욕으로 자기가 들 수 없는 무게를 들 수 있다고 과장해서도 안 되고, 자기가 들어야 하는 무게를 비겁하게 자꾸 줄여가기만 해서도 안 되고, 자신이 들어야 하는 무게를 남에게 모두 떠맡긴 채 무관심하게 돌아서 있어서도 안 됩니다.

　나의 몸과 마음은 지금 내가 들어야 할, 또 내가 들 수 있는 만큼의 무게를 들고 있는 것인가 하고 생각해 봅니다.

　혹 욕심이 지나쳐 허리가 휘는 것은 아닌가, 또는 내가 책임져야 할 삶의 무게에 대해 비겁하게 물러서 있는 것은 아닌가 하고 돌이켜보기도 합니다.

　자기가 책임질 수 있는 만큼을 드는 것이 좋습니다.

　나는 내가 들어야 하는 무게를 들지 않은 비겁함을 감추기 위해 밤새껏 과장된 언어로 말하지는 않았는가 돌이켜보고, 자신을 자신 이상으로 늘리어 허세를 떨지는 않았나 생각해 봅니다.

　채우지 못하는 미숙함, 부족한 삶을 불완전한 언어에 의지해 미화하거나 엄살을 떨 때도 있습니다.

극심한 자기 비하에 빠지거나 사치스러운 외로움 따위를 낯뜨겁게 노닥거릴 때도 있습니다.

그 모든 것이 다 사랑을 거스르는 것입니다.

나는 정말로 자신을 얼마나 사랑해 왔는지 모르겠습니다.

창문이 덜컹대며 흔들리고, 창을 가득 메우며 또다시 눈이 내리기 시작하던 초봄이었습니다.

기러기 떼가 몇 차례나 열을 지어 남에서 와서 북으로 가고, 뜰에는 가깝고 먼 곳으로부터 풀들이 돌아와 앉아 있는 계절인데도, 그 위에 눈이 내렸습니다. 올해는 늦게까지 눈발이 퍼붓고 추위가 쉬이 물러가지 않습니다.

처음엔 눈발 몇 개가 3월의 들판을 먼저 질러가더니 연이어 바람과 눈이 한꺼번에 몰아치며 낮은 하늘에 쏟아졌습니다.

문을 열고 눈바람 속에 나서 보았습니다.

쏟아지면 받아들이고, 쏟아지면 받아들이는 대지를 바라보았습니다.

몇 군데의 습기 외에는 모든 것을 제 안에 받아들이는 대지는 그 넉넉함으로 이 땅에 풀들을 키우는가 봅니다.

구석진 곳에 파묻혔던 낡은 나무 이파리 한 개가 어디론지 자리를 옮기고 있었습니다.

소나무 숲 너머에서 새 떼들의 왁자지껄한 소리도 들려왔습니다.

겨울을 지낸 옥향나무 잎들이 그 동안 시달리면서 누렇게 바래 있었습니다. 그런데 손을 넣어 그 안을 헤쳐 보니 아주 싱싱하게 푸른 잎들이 감춰져 있어서 놀랐습니다.

옥향나무 줄기 아래에는 풀들이 몰래 크고 있었고, 때론 돌나물, 쑥 따위가 그 근처에 모여 있는 것도 보았습니다.

시들고 바랜 빛으로 위를 덮고, 속으로 푸른 잎들을 기르며 겨울을 견디는 옥향나무의 삶의 지혜가 놀라웠습니다.

잔디도 그랬습니다.

푸르던 시절의 제 빛깔을 이 겨울 동안 모조리 내어 주고 생명을 잃은 듯 땅에 바짝 엎드려 있지만, 어느새 그 몸 사이사이에 푸른 풀들을 키우며 말없이 땅과 함께 비바람을 견디고 있는 것이었습니다.

아직 눈발이 퍼붓고 바람이 그치지 않아 얼마를 더 그렇게 견뎌야 하겠지만, 말없이 견디고 있는 그것이 냉엄한 시절을 이겨 나가는 길임을 풀들은 말하고 있었습니다.

기러기 떼가 북으로 가는 걸 보면서 봄이 어느새 우리 가까이 오는구나 느끼다가 아직 이 하늘에 다하지 않은 가득한 눈보라가 남았음을 알고, 봄은 얼마나 더디 오는 것인가 하고 하늘을 올려다보기도 했습니다. 그러나 눈발이 퍼붓다 그치는 그 사이에 들리는 새 소리나, 줄기 아래에 싱싱한 풀들을 키워 놓고 기다리고 있는 옥향나무 사철나무 곁에서, 기다리는 것은 꼭 온다는 믿음을 한 번 더 가져 보게 됩니다.

이렇게 더디고 힘든 시간의 길을 더듬어 반드시 기다리는 봄은 오고야 만다는 생각을 떨쳐 버릴 수가 없습니다.

우리가 비록 말할 수 없이 외롭게 느껴지고, 우리 몇몇만 이렇게 고통스럽게 살고 있는 것은 아닌가 하는 생각이 들다가도 곧 생각을 고쳐 가지게 됩니다.

삶의 안쪽에서 바라다보기만 할 때에는 바깥 세상이 차갑고 두렵게만 느껴지지만, 삶의 바깥에 나서서 부는 바람 속에 서 보면 차라리 더 따뜻하게 느껴지는, 이 희망과 믿음의 마음은 우리가 어떤 자리에 서서 어떻게 시련을 이기며 살아야 하는지를 깨우쳐 줍니다.

우리가 풀 한 포기보다도 비겁하게 살고, 새 한 마리보다도 소심하게 살고 있지는 않은지 돌이켜보게 합니다.

퍼붓는 차디찬 겨울의 냉혹함이 대지를 얼어붙게 하거나 잠시 덮어 둘 수는 있어도, 영원히 덮어 둘 수는 없습니다. 영원히 얼게 할 수도 없습니다.

도 종 환

추위와 시련과 고통이 대지를 덮어도 결국 그것들은 땅 속에 녹아들고 맙니다.

눈발이 또다시 어린 풀들을 덮어도, 날이 새고 다시 한낮이 오면 그 눈발을 녹여 뿌리를 키우는 풀들의 지혜로움을 우리는 알고 있습니다.

정희성 시인의 시 「이 곳에 살기 위하여」에는 이런 구절이 있습니다.

한밤에 일어나
얼음을 끈다
누구는 소용없는 일이라지만
보라, 얼음 밑에서 어떻게
물고기가 숨쉬고 있는가
나는 물고기가 눈을 감을 줄 모르는 것이 무섭다
(……)

겨울 밤 차가운 얼음 밑에서 물고기가 눈을 동그랗게 뜨고 살아 있다는 이 사실이 도리어 무섭다고 했습니다.

아무리 겨울이 냉혹하고 지루해도 그 속에서 아무것도 죽지 않고 살아 있다는 사실은 우리를 새삼 놀라게 합니다.

황량하고 삭막하기 그지없는 겨울 벌판에 가서 논둑 밑을 조금
만 헤쳐 보면, 풀뿌리들이 시든 잎을 머리에 둘러쓰고 그 아래에
싱싱한 잎을 감춘 채 살아 있는 걸 보게 됩니다.

땅이 녹고 강이 풀려야 비로소 풀들이 어느 먼 곳에서 이 땅으
로 다시 찾아오는 것이 아닙니다. 본래 풀들은 이 땅에서 끝끝내
죽지 않고 버티고 있다가, 때가 되면 일어서는 것뿐입니다.

그래서 이 땅이 풀들의 것이요, 풀들이 제일 먼저 봄의 아름다
움을 그들의 것으로 내세울 수 있는 것도 그들이 겨울 속에서 겨
울을 이기고 다시 살아난 까닭입니다.

이제 머지않아 4월이 오고 꽃이 필 겁니다.

그러나 봄은 꽃이 피어서 비로소 오는 것이 아니고, 풀들이 푸
르게 꿈틀거리는 그 속에 이미 봄이 들어 있는 것이라는 사실을
잊어서는 안 됩니다.

풀들에 의해 봄은 비롯되고, 꽃에 의해서 완성되는 것입니다.

꽃의 화려함만으로 봄의 크기를 가늠하려 하지 말고, 풀들의
끈질긴 생명력 속에 참된 봄의 힘이 내재되어 있음을 생각해야 합
니다.

도 종 환

이 겨울은 우리에게 기나긴 시련이었습니다.

그러나 겨울이 지나고 이 땅에도 봄이 찾아오듯, 우리의 삶에도 시련이 다하고 따뜻한 햇살이 내리쬐는 날은 옵니다. 다만 그 때의 그 아침에 찾아올 따뜻함만을 생각지 말고, 그 긴 시련의 기간 동안 우리는 어떻게 견디고 이기며 살았는가를 되돌아보아야 합니다.

춥고 쓰라렸던 그 기간 동안에 우리가 비겁하지 않게 살았어야 하고, 나약하거나 비굴한 삶을 살지 않았어야 합니다.

풀 한 포기도 속으로는 제 빛깔을 잃지 않고 겨울을 견뎌 냈으며, 물고기 한 마리조차도 눈을 똑바로 뜨고 살아왔습니다. 우리도 그렇게 떳떳하게 목숨을 이어 온 겨울이어야 합니다.

앞으로 우리의 삶에도 또 얼마나 많은 겨울 바람이 몰아칠지 모릅니다. 그러나 그 때마다 꿋꿋하게 견디고 이기며 살아 나가야 합니다. 견디고 이기며 살아온 것으로 기쁘게 맞는 봄은 얼마나 눈물겹습니까?

그 봄날, 살아 있다는 것은 얼마나 눈물겨우며 감사한 일입니까?

이 봄은 우리 모두에게 새로운 봄이었으면 좋겠습니다.

당신은 풀 한 포기보다 떳떳하게 살았습니까

우리 모두가 마음의 해묵은 것들을 벗어 버리고, 헛된 욕심이나 오직 나만의 아는 마음, 내 것만 내세우는 마음, 밝음과 어두움을 바로 보지 못하는 온갖 편견들을 버리고, 우리 모두 거듭나는 봄이었으면 좋겠습니다. 우리의 몸과 마음도 거듭거듭 새로워지는 봄이었으면 좋겠습니다.

도 종 환

강은교

(1946~)

함경남도 홍원에서 태어났지만 백일 만에 서울로 옮겼다.
경기여자중고등학교를 졸업했고, 연세대 영문과와 같은 학교
대학원 국문과를 졸업했다. 1968년『사상계』에 시「순례자의
잠」이 당선되어 문단에 나왔다. 1970년에 '샘터' 사에 입사하여
동료 문인들과『70년대』동인지 활동을 했고, 1975년 유명한
잠언가인 칼릴 지브란의『예언자』를 우리 말로 옮기기도 했다.
태어난 지 백일도 안 되어 떠나온 고향 홍원은 시인에게 '근원'과
같은 것으로 시인의 의식에 '근원의 자리에 가 볼 수 없다'는
실향민 의식을 심어 주어 작품세계에 영향을 주었다. 2000년
버클리대 방문 교수로 가 있는 동안,
'강은교 시 낭독회'를 개최하고 시 낭독 효과에 대해 얻은
새로운 경험을 '시 치료'의 기법과 연결하여 이듬해 '시바다'
낭독회를 시작하였다. 현재 동아대 문창과 교수이다.
첫시집『허무집』을 비롯하여『풀잎』『빈자일기』『소리집』
『붉은 강』『오늘도 너를 기다린다』『벽 속의 편지』
『어느 별에서의 하루』『등불 하나가 걸어오네』『시간은 주머니에
은빛 별 하나 넣고 다녔다』『초록거미의 사랑』까지 11권의 신작
시집을 냈고,『그물 사이로』『추억제』
『누가 풀잎으로 다시 눈뜨랴』『잠들면서 참으로 잠들지 못하면서』
『달팽이가 달릴 때』와 같은 산문집을 출간했다.

인생의 시냇물을 건너

겨울의 찬바람이 지붕을 때리며 흘러가고 있습니다. 이맘때쯤이면 언제나 그렇듯이, 입학 시험이 가까워졌습니다. 거의 모든 전기 대학들이 입학 원서를 마감했습니다.

수험생들은 조금이라도 더 실력을 쌓기 위해, 그래서 조금이라도 더 높은 점수를 획득하여 앞날의 밝은 햇빛이 비치는 평탄한 길로 나아가기 위해 시험 전까지 며칠 안 남은 밤을 책과 씨름하고 있을 것입니다.

수험생들뿐만이 아닙니다. 학부모들도 마찬가지로 가슴 조이며 이 겨울 밤을 꿈과 범벅이 되어 힘들게 보내고 있을 것입니다.

입학 시험을 치지 않을 학생들도 마찬가지일 것입니다. 저 매서운 바람 소리는 바로 도저히 예측할 수 없는 앞날의 바람 소리가 되어, 꿈으로 가득 차 있는 작은 가슴들을 밤새도록 불어 대고 있

강은교

을 것입니다.

　삶이라는 길은 아마도 끝없이 가야 하는 들판길인지도 모릅니다. 들판의 곳곳에는 무릎을 넘는, 아니 허리를 넘는, 아니 키를 넘는 차가운 냇물들이 흐르고 있습니다.

　삶이라는 길을 가기 위해서 우리는 어김없이 우리 앞에 파여 있는 이 냇물들을 건너지 않으면 안 됩니다. 다행히 냇물 위에 번듯한 다리라도 놓여 있다면, 우리의 걸음은 퍽 쉬울 것입니다. 그러나 삶이라는 들판을 흐르는 냇물에 다리들은 놓여 있지 않습니다. 우리는 치마를 혹은 바지를 걷어올리고, 맨발로 물을 건너지 않으면 안 되는 것입니다.

　물 밑에는 무수한 돌들이 깔려 있습니다. 물이끼들이 끼어 미끄러운 돌들이 깔려 있습니다. 자칫 조심하지 않으면 물 속으로 넘어질 것입니다. 살얼음이 군데군데 녹아 있는 물은 뼈가 저리도록 차가울 것입니다. 냇물의 중간쯤에서 더 이상 참을 수 없는 우리는 되돌아가 버리려고 할 것입니다. 하지만 한번 건너기 시작한 냇물을 중간에서 그만둘 수는 없습니다. 삶의 냇물은 우리를 돌아가게 하지 않는 것입니다.

　시험은 우리의 길을 가로막고 흐르는 냇물입니다. 살아가면서 우리는 무수한 시험을 치릅니다. 무수한 냇물을 건너는 것입니다.

때로는 깊은 냇물을 건너기도 하고, 때로는 얕은 냇물을 건너기도 합니다. 또 때로는 냇물 위에 놓인 다리를 건너는 행운을 얻기도 합니다. 그렇게 우리는 무수한 시험의 냇물들을 거치면서 삶의 들판을 걸어갑니다. 입학 시험은 우리의 들판에 흐르는 그 맑은 냇물들 중의 하나입니다.

잘 건너야 합니다. 미끄러운 돌 따위에 넘어져서는 안 됩니다. 넘어지면 얼른 일어서야 합니다.

포기란 있을 수 없습니다. 좀 큰 돌에 발이 걸렸다고 해서 그냥 주저앉아 버릴 수는 없습니다. 냇물 한가운데에서 포기한다는 것은, 곧 물 속에 더욱 깊이 빠지는 것만을 의미하기 때문입니다.

누군가 다리를 놓아 줄 것을 기다려서도 안 됩니다. 이 냇물은 결코 다리를 놓도록 허락하지 않습니다. 이 냇물은 맨발로 자기를 극복해 내는 사람만을 사랑합니다. 냇물의 체온과 미끄러운 돌들의 아픔을 뼛속 깊이 느끼는 사람만이 승자의 기쁨을 느끼게 하는 것입니다.

한용운은 우리 나라의 최근세사에서 결코 빼놓을 수 없는 인걸입니다. 일제의 암흑 시대에 그는 마치 한밤의 촛불처럼 스스로를 태워 세상을 밝히고자 했습니다. 위대한 사상가로서, 불교 개혁자로서, 3·1 운동을 주도한 민족 운동가로서, 또 시인으로서 만해 한용운 스님은 역사의 한 페이지에 굵은 발자국을 찍었던 것입니다.

그가 아직 이십대이던 시절의 이야기입니다.

인생의 의미를 찾아 속세를 버리고 속리산 법주사로 들어간 청년 한용운은 보다 더 깊이 도(道)를 깨치기 위해 설악산에 있는 백담사로 갔습니다. 그러나 거기서도 청년 한용운은 완전한 마음의 평안을 얻지 못하고 번민하다가, 세계에는 한국 이외에도 넓은 천지가 있다는 것을 불현듯 깨닫고 세계를 두루 여행해 보기로 결심했습니다.

그래서 돈 한 푼 없는 그는 무전 여행길에 오르게 되었습니다. 그러나 세계의 사정과 지리를 너무도 모르는 그는, 우선 서울로 가야 하리라는 생각에서 설악산 백담사를 나섰습니다.

청년 한용운 스님이 백담사를 나설 때는 음력 2월 초순경이었습니다. 산에는 아직 눈이 쌓여 있었고, 산골 냇물은 아직 얼음이 있는 곳도 있으나, 들과 양지는 상당히 눈이 녹아 있는 해빙기였습니다. 얼음이 녹아서 흐르는 냇물도 있었습니다.

백담사에서 서울로 가려면 산길 20리를 나와서 '가평천'이라는 냇물을 건너야 했습니다. 길이가 1마장이나 되는 그 냇물은 다리가 없었습니다. 게다가 눈이 녹아 내리는 물로 내는 상당히 불어 있었습니다.

눈 녹은 물은 얼음보다 찼습니다. 청년 한용운은 잠시 주저하지 않을 수 없었습니다. 말하자면, 가평천은 세계 일주의 길에 선 그를 가로막은 최초의 난관이었습니다. 그 냇물을 건너야만 서울도 가고, 세계 편력도 가능할 것이었습니다.

그는 용기를 내어 옷을 허벅다리까지 걷어올리고 냇물을 건너기 시작했습니다.

산골 내에는 크고 작은 둥근 돌이 깔려 있었고, 물이끼까지 끼어 미끄럽기 짝이 없어서 발붙이기도 어려웠습니다. 거기다가 건너기 시작한 지 얼마 안 되어 물이 뼛속까지 차갑게 배어 올 뿐만 아니라, 발을 디디는 대로 미끄러지고 부딪쳐서 견딜 수가 없었습니다. 냇물 중간쯤에 이르러선 다리가 저리고 아프다 못해 감각이 마비될 지경이었습니다.

젊은 만해 스님은 물 속에서 비틀거리기 시작했습니다. 남은 일이라면 주저앉거나 넘어지는 일뿐이었습니다.

그러나 만해 스님은 버텼습니다. 그리고는 아픔과 통쾌감이 엇갈리는 마음으로 다른 사람을 건네 주기까지 하였습니다. 그리고 그 속에서 일체유심(一切唯心)의 깨달음을 얻었습니다. 이 일체유심의 깨달음은 일생 동안 만해 스님을 이끌어, 스님으로 하여금

강 은 교

해탈에 이르게 하였던 것입니다.

만해 스님은 그 일을 후에 이렇게 적었습니다.

……나는 홀연히 생각하였다. 적어도 나는 한 푼 없는 맨주먹
으로 세계 만유를 떠나지 않느냐. 어떠한 곤란이 있을 것을 각오
한 것이 아니냐. 인정(人情)은 눈 녹은 물보다 더욱 찰 것이요, 세
도(世途)는 조약돌보다 더욱 험할 것이다. 이만한 물을 건너기에
인내력이 부족하다면 세계 만유라는 것은 부질없는 일이 아닌가
하여서 스스로 나를 무시하는 동시에 나를 경책하였다. 차고 아픈
것을 참았는지 잊었는지 모르나, 어느 겨를에 피안에 이르렀다.
다시 보니 발등이 찢어지고 발가락이 깨어져서 피가 흐른다. 그러
나 마음에는 건너온 것만이 통쾌하였다. 다시금 일체유심을 생각
했다.

그러나 젊은이들 가운데에는 가끔 물을 힘들게 건너지 않으려
하는 이들이 있습니다. 그들은 쉽게 이미 놓여 있는 다리 위를 걸
어 냇물을 건너려고 합니다.

그러나 그런 이들은 결국 냇물을 건너 보지 못할 것입니다. 냇
물 저편에 있는 아름다운 들을 밟아 보지 못하게 될 것입니다. 왜

나하면 누군가 만들어 놓은 그 다리는 세찬 바람에 밀려, 혹은 내리쬐는 햇빛에 견디지 못하고 곧 무너져 버릴 것이기 때문입니다.

그러면 그들, 평평한 다리 위를 걷는 것에만 익숙한 그 젊은이들은, 빠져든 물 속에서 어쩔 줄을 모르고 당황하게 될 것입니다. 물 속에서 미끄러운 돌을 밟으며 걷는 법을 익히지 못했기 때문입니다. 물 속에서도 돌을 밟으며 똑바로 서 있을 수가 없을 것이기 때문입니다.

겨울 밤입니다. 바람이 불어옵니다. 우리 모두에게 시험의 바람이 불어옵니다. 지금 입학 시험을 준비하고 있는 젊은이들에게도, 지금 당장 입학 시험 준비를 하지는 않는 젊은이들에게도, 그 부모님들에게도, 바람은 말없이 공평히 불어오고 있습니다. 우리 모두 바람을 맞이합시다. 용기 있는 마음으로 정정당당히, 바람을 향해 가슴을 벌립시다.

강 은 교

석 지 현

(1946~)

충청남도에서 태어났다.
1954년 출가하여 부여 고란사에 들어가 불도를 닦았다.
1969년 중앙일보 신춘문예에 시 「점화」가 당선되어 문단에
나왔으며 『70년대』 동인지 활동을 했다. 1973년 동국대학교
불교과를 졸업했으며 1977년 이후 몇 차례나 인도와 예루살렘,
네팔 등지를 방랑하였다. 1984년 캘리포니아 골든스테이트
대학교에서 철학박사 학위를 받았다.
불교를 학문적으로 깊이 탐구한 '학승(學僧)'으로 일컬어진다.
시집 『비원(悲願)』 『혼 재우는 노래』, 법문서 『밀교』
『혜초의 길을 따라서』 『제일로 아파하는 마음에』 등을 펴냈다.
오쇼 라즈니쉬의 『마하무드라의 노래』를
우리 말로 옮기기도 했다.

가슴은 왜 이렇게 타지 않는가

1986년 겨울의 어느 날 저녁, 나는 이상한 예감에 잡혀 누워 있었다. 어쩌면 이대로 내가 영원히 흔적도 없이 사라져 버릴지도 모른다는 생각이 안개처럼 몰려오고 있었다. 그 때 멀리서 아주 멀리서 바라 치는 소리가 들려오고 있었다. 그 소리는 점점 더 가까이 와 어느덧 내 방(나는 당시 네팔 카투만두의 어느 여인숙 2층 방에 있었다) 밑을 막 지나가고 있었다.

나는 무엇에 끌려 일어나 창문을 열었다. 10여 명의 사내들이 횃불잡이를 선두로 무엇인가를 메고 바라를 치며 가고 있었다. 나는 대강 옷을 챙겨 입고 밖으로 나왔다. 바라 소리는 이미 어둠 속으로 사라져 버리고, 그 소리의 여운만이 막 골목 끝을 지나가고 있었다. 나는 바라 소리의 뒤를 따라 요술 나라의 미로 같은 카투만두의 골목길을 갔다.

석 지 현

바라의 행렬은 이윽고 강가에 이르러 조그만 장작더미를 만들고 있었다. 그들이 메고 온 것은 갓 죽은 남자의 시체였다. 시체는 곧 나지막한 장작더미 위에 얹혀 불에 타들어가기 시작했다.

나는 오래 전부터 시체가 불에 타는 것을 한번 보고 싶었다. 그러나 그걸 처음부터 지켜본다는 것은 어려운 일이었다. 그런데 오늘 비로소 그 기회를 얻은 것이다. 시체에 불이 붙었을 때가 밤 열한 시경이었다. 불은 삽시간에 시체 전체에 번지고, 시체는 꼭 불고기처럼 지글거리며 타들어가기 시작했다.

곧이어 두 팔이 떨어지고 두 다리가 떨어져 나가면서, 몸의 기름이 장작 밑으로 흘러내리고 있었다. 여기 한 인간의 일생이, 그가 일생 동안 너무나 소중히 아끼던 것들이 지금 모두 불에 타 버리고 있는 것이다. 사방은 어둠으로 겹겹이 싸였고, 오직 시체의 주변만이 타는 불길로 하여 찬란하게 빛을 발하고 있었다.

이제 시체 전체는 모두 불에 타 버리고, 눈으로 확인할 수 있는 것은 아무것도 없었다. 장작도 다 타 버리고, 치솟던 불길도 시들어 버리고, 한 인간의 모든 흔적도 없어져 버렸다. 너무나 허무하게 사라져 버린 한 인간의 모습 앞에서 나는 말할 수 없는 허탈감을 느끼며 서 있었다.

그 때가 밤 한 시쯤.

불 주위에 있던 몇 명의 남자들은 다리 건너 어둠 속으로 사라져 버리고, 두 명의 노인만이 쭈그리고 앉아 시들어 가는 장작불을 헤치고 있었다. 노인이 헤치는 장작불 속에서 내 두 주먹만한 살덩이가 아직 타지 않고 나왔다. 노인은 이 살덩어리를 가능하면 빨리 타도록 연방 들쑤셔 대고 있었다. 그러나 이 살덩어리가 다 타는 데에는 그로부터 무려 두 시간이 더 소모되었다. 나는 너무 이상해서 노인에게 물어 보았다.

"그 살덩이는 무엇인가요?"

노인은 말했다.

"심장이랍니다."

심장? 나는 이해할 수가 없었다. 몇천 도의 불 속에서 뼈마저 다 녹아 버렸는데, 한갓 조그만 살덩어리에 불과한 심장이 어떻게 타지 않는단 말인가? 나는 다시 물었다.

"모든 사람들의 심장이 다 저렇게 늦게까지 타나요?"

"그렇답니다."

그 말을 듣는 순간, 나는 비로소 내가 무엇을 찾아 이토록 방황하고 있는가를 알게 되었다.

그렇다! 나는 심장을 찾기 위하여 이토록 헤매었던 것이다.

우리는 철이 들면서부터 머리만을 강요당해 왔다. 학교의 교육이라는 게 머리의 장난이 아니고 무엇이란 말인가?

"가슴은 위험하다."

"심장은 위험하다."

"그대 일생을 이 위험한 불장난에 던지지 말라."

우리는 이렇게 배워 왔고, 또 가르치고 있다.

그러나 나는 이제 알았다. 육체가, 머리가 흔적도 없이 타 없어지고 난 다음에도 두 시간이나 더, 심장은, 가슴은 타지 않는 것을.

그렇다. 가슴으로의 길이 설령 파멸의 길이라 해도 그것은 진정한 삶의 길이다. 그 파멸은 누구의 강요에 의해서가 아니라, 나 자신이 선택한 것이기 때문이다.

나는 어떻게 인생을
배웠던가

백기완

(1933~)

황해도 은율에서 태어나 6·25 전쟁 당시 남으로 내려왔다.
독학으로 공부했으며 평생을 민주화와 통일 운동에 헌신한 영원한
'재야운동가'이다. 그가 평생을 통일 운동에 전념한 것은
6·25 전쟁 당시 가족들이 남과 북으로 흩어졌을 뿐만 아니라, 북에 남은
큰형은 젊음을 사회주의자로 보낸 반면, 작은형은 국군으로 참전해
전사하는 등 분단이라는 역사적 상황으로 질곡 많은
가족사를 겪게 되었기 때문이기도 하다. 1967년 장준하 선생과 함께
'백범사상연구소'를 설립한 후 박정희 유신정권과 전두환 군사독재에
맞서 민주화운동에 전념했다. 1985년에는 '통일문제연구소'를
설립했으며, 1987년과 1992년 두 차례, 재야운동권을
대표하여 대통령 선거에 출마하기도 하였다.
백기완은 민족문화를 발굴하고 퍼뜨리는 데에 큰 관심을 기울여 왔다.
'민요 연구회' 고문을 맡고 있으며 겨레의 숨결이 녹아 있는
순우리말이 사라져 감을 안타까워하는 글을 많이 썼다.
딸들에게 보내는 편지 글 모음 『자주고름 입에 물고 옥색치마 휘날리며』,
구전되어 오는 옛이야기를 엮은 『장산곶매』『이심이 이야기』,
수필집 『나도 한때 사랑을 해본 놈 아니오』『부심이의 엄마 생각』
『그들이 대통령이 되면 누가 백성 노릇을 할까』『통일이냐 반통일이냐』
『해방의 노래 통일의 노래』가 있다.

나는 어떻게 인생을 배웠던가

— 어느 가대기의 교훈

아, 이제는 누가 있어 8·15 민족 해방 직후의 서울역 앞, 그 밤의 서울역 풍물을 되새겨 줄까?

그 때 서울역 앞 밤 풍경의 특징은, 손수레에다 채알을 둘러쓴 채알집이 나란히 선 모습이다. 이것을 요새는 포장마차라고들 하지만, 그 때에는 그렇게 부르질 않았고, 우리는 그것을 채알집이라고 했다. 밤이면 그러한 채알집이 지금의 서울역 앞에서부터 남대문까지 수백 채가 나란히 가스 불을 가물거리고, 거리에는 자동차보다도 해방된 역마차가 달랑달랑 달리고, 구석구석마다 만주에서 혹은 38선 이북에서 넘어온 사람들이 낡은 고리짝처럼 웅크리고 있었다.

그래도 해방된 서울역은 노랫소리가 요란했다. 어떤 채알집 낡은 라디오에선 '꿈에 어리는 꿈에 어리는 항구 찾아 가거라'라는 '대지의 항구'란 노래가 신나게 흘러나오고, 그리고 그러한 채알

집에선 주로 오징어튀김을 팔았다. 오징어튀김이라고 해 보아야 오징어 다리를 찢어 밀가루에 묻힌 다음 기름에 튀긴 것일 뿐, 술을 함께 파는 집은 드문드문했는데, 그 까닭인즉, 그 때만 해도 술이 넉넉한 편이 아니었기 때문이다. 또 그렇게 흔하게 쏟아져 나온 오징어 다리는 대체 어디서 나온 것이었을까? 왜놈들이 군대용으로 오징어 몸뚱인 다 가져가고, 창고에 쌓아 두었던 오징어 다리만 해방과 함께 풀려 나온 것이다.

어쨌든 시골에서 갓 올라온 나 같은 촌놈에게 자못 신나는 거리였다. 주머니 사정이 넉넉해서 그런 건 물론 아니었다.

조금만 있으면, 38선을 넘어온 뒤 석 달째 집이 없이 따로따로 살던 나와 우리 아버지가 헤어진 지 일주일 만에 다시 만나기로 약속한 서울역 앞에 우리 아버지가 나타나실 거다. 그리하면 저 오징어 다리 튀김쯤은 실컷 사 주실 게 아닌가. 아니나다를까, 우리 아버지가 저쪽에서 걸어오신다.

"야, 아바이."

"오, 기완아."

나는 그 때만 해도 응석받이라, 특히 나는 막내아들로 아버지한테 귀여움을 독차지하던 귀염둥이라, 아버지를 "야, 아바이." 그렇게 서슴없이 불렀다.

어쨌든 "야, 아바이!", "오, 기완아!" 이쪽 저쪽에서 힘껏 소리
치며 달려오는 우리 부자의 모습은 어떤 연기력으로도 흉내내기
가 힘든 그런 괴상한 장면을 연출하곤 했다. 한마디로 그 너른 서
울역 광장이 우리 집 안방이 되는 것이다. 껴안고, 구르고, 볼을
만지고, 다시 보고, 울고, 웃고, 특히 우리 아버지 웃음은 호탕하
기가 마냥 대륙적이었다.

"야, 아바이 너 어데 갔데이?"

"돈 벌러 갔댔지 뭐."

"야, 돈이고 뭐고, 난 이제 안 떨어지겠다야. 그따위로 놀면 난
이북으로 도로 가갔어. 어마이한테 말이야."

"가마이 있으라우. 이제 곧 돼."

이렇게 다시 헤어지면 다시 만날 날은 아득하다. 아버지는 그래
도 어딜 가든지 아는 사람이 있었다. 하지만 나는 이제 막 38선을
넘어 서울에 온 지 불과 몇 개월 안 되는 열네 살의 촌뜨기였다.
친구가 있으랴, 동창이 있으랴? 고작 서울역 앞을 빈들거리다가
가는 곳이 지금의 도동, 짐승의 우리 같은 가난뱅이 합숙소다.

그렇지만 나는 비겁하게 아버지한테 매달리진 않았다.

"아바이, 그러면 일주일 뒤엔 꼭 같이 사는 거지? 응? 그 때까
진 내 걱정은 말라우. 그까짓 서울것들 문제 없으니께. 아바이, 잘

가라우."

이렇게 말을 하고 돌아서는 내 앞은 물론 안개가 뽀얗게 피지만, 나는 결코 그런 추한 모습을 보이지 않으려고 고개 숙여 달려가곤 했다. 지금의 후암동 마루턱이다.

내가 들락이는 합숙소엔 내 맞또래가 적지 않았고, 또 거기에는 '살구'라는 내 친구도 있었기 때문이다.

살구라는 애도 물론 학교엘 못 다녔다. 그래도 그 애는 서울내기라 서울 거리에 밝고, 또 경우에도 밝아 나에겐 상당히 도움이 되는데, 다만 성질이 괴팍한 것이 늘 걸리곤 했다.

낡은 이불을 함께 뒤집어쓰고 자다가 이가 나올라치면 꼭 내 몸에서만 나왔다고 트집을 했다. 또 밥상의 반찬이라는 것이 고작 짠지뿐인데, 그 짠지는 왜 그렇게 빨리 집고 또 많이 먹느냐고 야단인 것까지는 그래도 참을 수가 있었다. 그런데 암만 해도 참을 수 없는 건, 너는 어째서 그렇게 뻗대느냐는 것이었다. 애비라는 것이 있다곤 하지만 왜 한 번 찾아오지도 않으며, 쥐뿔도 없는 것이 자존심은 왜 그리 강해 갖고, 일을 나가면 일도 변변하게 안 하고, 또 심부름을 시켜도 영 말을 안 듣고, 거기다가 너 어떡할 거냐, 우리 어머니 잔돈이 없어졌다(요새로 치면 약 천 원, 담배 한 갑 값이다), 어쨌든 네가 오기 전까지는 그런 일이 없었는데, 이상하지 않느냐 하는 것이었다. 빌어먹을 그 애 어머니는 여자들끼리만 자는 딴 방에서 자게 되어 있다. 그런데도 나를 감히 도둑으로 몰아? 결국 우리들은 붙어 버렸다.

그런데 그 서울내기 살구라는 애의 제안이, 이왕 붙을 바엔 아주 맞장을 뜨잔다. 나는 그 때만 해도 맞장이란 도대체 어떤 형식의 싸움인지도 몰랐다. 그러나 그 애의 하는 꼬라지가 도저히 참아 넘길 수가 없어서 지금의 남산 꼭대기―아마 백범 선생의 동상이 서 있는 광장쯤 되는 듯싶다―거기서 그 쌀쌀한 날 저녁 무렵, 웃통을 벗고 단둘이 붙었는데, 그 서울내기 싸움패한테 내가 당할 수가 있는가? 마침내 나는 입술이 터지고, 코가 터졌다.

코피가 철철 흐를수록 살구라는 애는 다그치는 것이었다.

"너 자식, 그 때 그 이는 네 몸에서 나온 거지? 응?"

하고 대라는 것이었다. 물론 그 때 내 몸에 이가 득실거린 것은 사실이다. 그래서 그랬다고만 하면, 싸움은 일단 끝나는 것이다. 하지만 그 때 그 이가 어째 내 몸에서만 나온 것이란 말인가? 그놈에게서도 나왔고, 또 합숙소랍시고 한 방에서 뒹구는 사람은 열 명이 넘었다. 그 가운데에는 기동 못 하는 병신도 있고, 할배도 있고, 생전 얼굴 한번 안 닦는 아편쟁이 같은 사람도 있다. 그런데도 굳이 나한테서만 나온 이임을 시인하라는 건, 이 무지무지 촌놈을 놀려 대자는 건 아닌가? 생각이 이에 미치자, 내 속에선 불길 같은 배알이 치밀었다.

순간 나는 주먹이 비 오듯 들어오거나 말거나, 내 타고난 배지기로 바짝 들어올렸다가 놈의 대가릴 거꾸로 박아 버리니, 끼약! 하고 나가 떨어졌다. 이리하여 그냥 밟아 대려고 할 때다.

"이놈들 고만 해." 하는 소리가 뒤에서 들려왔다. 그 때 화가 치미는 것으로 보면, 그 따위 소리에 아랑곳할 내가 아니지만, 그 소리가 멀칭 못 당할 어른의 목소리라 돌아서 보니, 아니나다를까 그 유명한 가대기 형님이다.

가대기는 어떤 형님이던가? 가대기 형은 말 그대로 서울역에서 어깨에다 짐을 실어다 주고 사는 짐꾼이다. 물론 그 때 왜말로 '아까보'라고 하여 빨간 모자를 쓴 짐꾼들이 있었지만, 그와는 또 다르게 화물차나 객차에 실려 온 물건이 일단 역에서 밖으로 나오면, 그것을 어깨로 져 나르는 이다. 나보다는 나이가 예닐곱 살 위이니까, 그 때 스물한 살쯤 됨 직했다.

얼렁차

차차

렁차 렁차

이렇게 짐을 질 때 부르는 소리가 남달리 굵다랗고 눈알이 부리부리한데다가 아래위가 딱 벌어진, 천상 타고난 가대기다. 한데도 가대기 형은 맞장에 그렇게 명수일 수가 없었다.

나는 가대기 형님이 맞장 뜨는 것을 꼭 두 번 보았다. 한번은 종로3가의 우두머리 긴또깡(김두한)이라는 이가 서울역 왈패들을 고꾸라뜨리고 행패가 심했다. 이 때 여기저기서 가대기 형을 밀어내, 마지못해 가대기 형이 서울역 뒤에서 그와 맞장을 떴는데, 단 한 방에 고꾸라뜨리는 것을 내 눈으로 본 것이다. 정말 놀라웠다.

또 한번은 대동강 배따라기라는 놈을 아주 걸레로 만드는 장면을 본 것이다. 발길이 들어오면 툭 쳐서 자빠뜨리고, 또 달겨 붙으면 어느새 받아 버리고, 그리하여 고개를 떨구면 번개처럼 무릎치기가 들어가고.

그것은 사뭇 싸움이 아니라 만능으로 해 대는 예술이었다. 그래도 비칠비칠 달겨 붙자, 그냥 밟아 버릴 줄 알았는데, 결코 그러지는 아니했다. 천만 뜻밖에도 난짝 들쳐 메고는 쏜살같이 달려 으슥한 곳에 패대기를 치면서 하는 소리가 그렇게 어린 내 가슴을 울릴 수가 없었다.

"야, 싸움은 이제 죽는 길밖에 없어. 어떡할래?"

이리하여 그는 살살 빌고 갔지만, 그렇게 으슥한 데까지 메고

간 까닭을 이렇게 설명하는 형님이다.

싸우면 벌써 끝났다. 그러나 아주 죽일 수가 없어서 그놈의 버릇을 깨닫게 하는 사이 구경꾼이 많이 꼬여 들었다. 그런데 그 많은 사람들 앞에서 그놈의 무릎을 꿇려 놓으면, 그놈의 왈패로서의 권위까지 죽이고 만다. 그러나 그렇게까지 할 필요가 있는가? 그래서 으슥한 곳에서 무릎을 꿇게 했다는 가대기 형이다.

이 소문이 번져 나가자, 거리에서 가대기 형을 보는 이들이 수군대기 시작했다. 저것이 진짜 장안 주먹의 으뜸이라고. 아니나다를까, 서울역 왈패들 가운데선 그를 우두머리로 삼으려는 살살이들이 하나 둘이 아니었다. 그러나 그는 막무가내로 가대기로 살아갈 뿐, 함부로 주먹을 날리는 짓 따위는 전혀 하지 않던 멋쟁이 형이다.

어린 나는 해방 직후 세상을 떠들썩하게 하던 백범 김구 선생이나 몽양 여운형 선생보다도 그 가대기가 더 존경스러웠다. 나도 한번 가대기처럼 세상에 당할 자가 없는 주먹의 왕이 되리라.

그러고서 한번은 그를 흉내내다가 혼쭐이 난 적도 있었다. 싸움이 붙어 상대가 들어오는 것을 난짝 앉으며 가대기처럼 무릎치기를 하려다가 그만 동작이 늦어 되려 발길에 차여 나가떨어진 뒤로는 더욱 가대기 형이 하늘처럼 여겨질 때가 있었다.

그런데 내가 그 형을 알게 된 것은 그야말로 기이한 인연이다. 바로 그 가대기 형이 나와 우리 아버지가 서울역 광장에서 만나는 장면을 보았던지, 어느 날 지나는 나더러 "야, 네 이름 뭐가?" 하면서 나를 끌고 가, 그 때 그 유명한 서울역전의 오징어 다리 튀김을 사 주는 것으로 시작되었다.

그의 말이 너희 아버지와 너는 아주 괴상한 부자라는 것이다. 아무리 그리움이 사무치더라도 어떻게 사람이 그런 식으로 만날 수가 있는가 하는 것이다. 연극이 아닌 다음에 말이다. 멀찌감치에서부터 서로 버럭 소릴 지르며 맞받아 달려가고, 그리하여 얼싸안고 뽀뽀하고 뒹굴고, 도대체가 이해가 안 가지만, 한편 생각하면 천 년 맺힌 원한이 풀리는 듯한 그 장면이 떠올라 너희 부자가 그리 좋더라는 것이다.

다만 너희들 부자는 무엇인가 아니 풀려 비록 서로 떨어져 살고는 있지만, 기완이 너는 절대로 거리의 소년은 되지 말라며, 따끈한 국수 국물도 사 주던 그런 형님이다. 그 때에는 국물만 팔기도 했다. 아, 그 때 그리운 겨울, 그 국물이 얼마나 맛이 있던지. 그러한 따뜻한 형님이 싸움을 말리는데, 내가 감히 어떻게 말을 안 듣는단 말인가? 그래서 툭툭 털고 일어날 때, 그 가대기 형님이 말했다.

"얘들아, 너희들 누가 이긴 것 같으니?"

물론 내가 이긴 것이다. 매로 보면 내가 많이 맞았지만 끝내 내가 패대기를 쳤으니까. 그런데 바로 여기서 사건이 터지고 만 것이다. 천만 뜻밖에도 가대기 형님은 이렇게 말했다.

"너희들의 싸움은 승부가 안 났어. 왜 그런 줄 알아? 야, 임마! 진짜 승부는 있는 놈하고 싸워서 내는 거야. 그런데 너희들은 무어가 있니? 쥐뿔도 없잖아. 쥐뿔도 없는 놈들끼리 백날 싸우면 무엇 하니? 결국 양아치밖에 안 되는 법이야."

나는 그 때 그 말이 그렇게 야속할 수가 없었다. 안 그런가 말이다. 사람이란 기분 나쁘면 싸울 수도 있는 것이요, 또 싸웠다면 일단 승패가 있다는 것을 내가 보여 주지 않았는가? 이렇게 생각되자, 나는 그 날로 합숙소를 나와 버렸다. 그래서 서울역 근방엔 영 가기가 싫던 어느 날, 가대기 형님이 대동강 배따라기 일당들에게 끌려가 돌아오지 않았다는 소식이 들려왔다.

들리는 말로는 가대기 형님은 그 때 철도국 사람들의 파업에 연루되었고, 이에 반하여 대동강 배따라기 패들은 그 파업을 빨갱이 짓으로 몰아 깨뜨리는 음모에 가담하고 있었는데, 그것을 핑계 삼아 그 대동강 배따라기가 가대기 형님한테 보복을 했다는 소문이다.

나는 그 소문이 믿어지지가 않았다. 그래서 나는 밤마다 일단 발길을 끊었던 서울역 광장에 다시 나타났다. 물론 우리 아버지와의 약속도 있었지만, 사실은 그 가대기 형님이 의젓하게 다시 나타나는 것을 보고 싶었기 때문이다. 영화를 보라! 착한 주인공은 반드시 악당을 물리치고 피투성이로 나타나지 않는가 말이다. 그러니 우리 가대기 형님도 꼭 이기고 돌아올 것만 같은데 영영 아니 나타나자, 나는 그 때부터 주먹쟁이들이 싫어지기 시작했다.

서울역 뒷골목에선 큰 이 작은 이 할 것 없이 이른바 왈패들이 득실거리지만, 죄 대동강 배따라기처럼 의리가 없는 배신자로만 여겨졌다. 잘 아는 바, 가대기하는 사람들은 막노동꾼이요, 또 철도국의 정식 직원이 아닌 일꾼이라고 하여 왜정 때부터 괄시를 받아 왔다. 그래서 해방과 함께 사람 대접 좀 받아 보자고 했던 모양이다. 때문에 정말 주먹쟁이라면 그들의 편에 서야 하는 것은 너무나 뻔한 이치다. 더구나 대동강 배따라기는 가대기 형님의 도움을 받은 왈패가 아니냔 말이다. 그런데 은혜를 원수로 갚았으니, 그것이 어찌 의리가 있는 주먹쟁이인가? 더러운 배신자지……

또 그 때만 해도 서울역 주변에서는 밤마다 크고 작은 싸움판이 벌어졌다. 나는 그것이 그렇게 신이 날 수가 없었다. 축구 선수가 되겠노라고 서울에 올라왔으나, 정작 축구 선수의 꿈이 깨지자 나는 한때 서울 장안을 주름잡는 주먹쟁이가 되고 싶은 어린 충동도 있었다. 그래서 가대기 흉내내기가 그리 좋았다. 그러나 가대기 형님이 감쪽같이 사라지자, 서울역 주변의 싸움패들이 모두 양아치들의 행패로만 여겨졌다.

쥐뿔도 없는 것이 백날 싸움판이면 무얼 하는가? 결국 승부는 있는 놈하고 붙어야 하는 거다, 이 바보들아!

알 만한 이들은 익히 아는 일이지만, 주먹의 세계란 짜릿한 맛이 있는 수렁이다. 어찌 보면 남성의 세계인 것 같으면서도, 사실은 가장 비남성적인 퇴폐와 거짓이 가장 눈부시게 위장된 자학과 파멸의 세계다. 끊임없이 인간을 배신하면서 또 겉으로는 의리를 말하는 배신의 숨바꼭질, 역사의 전진에 등을 돌리고, 끝내는 자기 자신에게까지 배신의 칼을 들이대는 아편처럼 취해 돌아가는 화려한 환각의 함정!

자칫 잘못하면 나도 빠질 뻔했던 함정이다. 그러나 그 함정으로부터 나를 일깨운 것은, 해방된 조국도 38선을 넘어 달려온 서울도 아니었다. 그것은 이름 없이 쓰러져 간 가대기 형님이었으니, 그가 바로 이 땅의 주먹쟁이들 가운데 가장 큰 형님, 아니 주먹을 가진 자들이란 과연 어떠해야 하는가를 가르쳐 준 본보기가 아닌가 한다.

왜정 때, 우리 민중은 조국 해방을 위하여 싸움을 할 때 고작해야 뒷골목에서 못된 짓이나 하던 것들이, 해방이 되자 마치 무슨 애국자나 되는 양 이 땅의 양심들을 일터에서 거리에서 제주도에서 얼마나 때려죽였던가! 그 개망나니들을 마치 멋진 왈패로 채색하는 요즈음의 풍조는 범죄의 우상화이다.

또 요즈음의 뒷골목은 어떠한가? 조금이라도 주먹깨나 쓸 만하다고 하면, 당연한 듯이 악덕 재벌의 편에 서서 근로자들에게 쇠뭉치나 내려치고, 그것도 아니면 정치 깡패로 우리 민중을 배신하기를 밥 먹듯이 하는 보수 정상배들의 편에서 어지러운 배신 행각을 일삼아 오는 자들이 바로 그들 왈패요 깡패들이다.

나는 요즈음도 서울역 앞을 지나칠 적마다 가슴을 치곤 한다. 그 때 그 대동강 배따라기 패들한테 끌려간 가대기 형의 최후는 어찌 됐을까? 그 때 그들 가운데 그를 당할 자가 없어 배따라기 일당을 모조리 해치우고 능히 돌아왔을 터인데, 혹시 그 비겁한 양아치 놈들이 그에게 참혹한 몰매를 준 건 아닐까? 그러나 그렇다고 하더라도, 그 때 그 가대기 형님의 날랜 몸짓은 이리 뛰고 저리 치고 하면서 얼마나 신화 같은 싸움의 경지를 일구어 갔을까?

기완아!

싸움엔 말이야, 세 가지 원칙이 있어야 한다. 첫째, 네가 세냐 내가 세냐, 이렇게 누가 센가를 겨루는 힘의 싸움엔 반드시 구경꾼, 즉 증인이 있어야 하는 거란다. 왜냐? 그래야만 누가 센 것인지 판가름이 나거든. 안 그러면 말이야, 지고도 이겼다고 헛수작을 하고 다니는 놈이 있으니까.

그러나 명예나 체면에 관계돼서 붙을 때엔 절대로 옆에 구경꾼이 있으면 안 되는 거란다. 그렇게 되면 그 하잘것없는 명예 때문에 죽기살기로 붙어 버리니 안 되지. 왜냐? 무엇 때문에 그까짓 주먹질에 목숨을 걸어. 그러니까 체면 싸움엔 어떤 일이 있어도 구경꾼이 있으면 싸움이 안 되는 거란다. 그 때 싸움은 오기의 싸움이니까.

그러나 사람 대접을 못 받아 사람 대접을 받고자 하는 싸움, 이를 테면 먹고 살기 위한 싸움엔 반드시 목숨을 걸어야 이기는 법이다. 왜냐? 힘이 있는 것들, 돈 많은 주인 놈들이라는 것들은 무조건 노예가 되라고 하는데, 그까짓 주먹질이나 해서 되겠어? 온몸으로 목숨을 걸고 해대야지.

이렇게 싸움의 3대 원칙을 가르쳐 주시던 내 어린 날의 가대기

형님. 아, 그 때 그 가대기 형님은 그렇게 끌려가선 어떻게 됐을까? 놈들에게 참혹하게 맞아 돌아가셨을까? 아니면 지금쯤은 70이 가까운 나이에도 어디에선가 아직도 타고난 그 어깨에 역사의 짐을 지고 있을까?

아, 그러나저러나 나는 왜 그 때 그 가대기 형님의 이름 석자를 알아 놓지 않았을까?

나는 이렇게 일생을 후회하며 깨치며 살아가고 있다.

권정생

(1937~)

일본 도쿄의 빈민가에서 태어났다. 열 살이 되던 해에 우리나라로
돌아왔지만 극심한 빈곤으로 가족들이 뿔뿔이 흩어지고 나무장수,
고구마장수, 담배장수, 가게 점원 일을 했다. 열아홉 살에 늑막염과 폐결핵을
앓고 거기에 방광결핵, 신장결핵까지 겹친다. 1967년 경상북도 안동시에
정착하여 교회 문간방에서 투병하면서 종지기 일을 했다.
1969년 단편동화 「강아지 똥」을 발표하여 월간 『기독교교육』의
제1회 아동문학상을 받으며 동화 작가로서의 삶을 시작했으며,
이 발표작을 읽고 직접 안동으로 찾아온 아동문학가 이오덕 선생과 평생 동안
귀한 우정을 이어 간다. 1980년대 초 교회 뒤 언덕 밑에 작은 흙집을 짓고
지금까지 그곳에서 작품을 쓰고 있는 권정생은 작고 보잘것없는 것들에 대한
따뜻한 애정과 굴곡 많은 역사를 살아왔던 사람들의 삶을 보듬는 진솔한 글로
어린이는 물론 어른들의 사랑을 받고 있다. 특히 1984년 첫 출간한 후 60만
부라는 판매 기록을 세운 동화 『몽실 언니』는 분단시대 한국 문학의 가장
사실적이고 감동적인 작품으로 평가받는다.
"내 동화는 슬프다. 그러나 절대 절망적인 것은 없다."라고 한
권정생의 말처럼 주인공 몽실이는 가난과 전쟁으로 얼룩진 세상을 꿋꿋하게
살아내며 끝까지 인간다움을 잃지 않는 강인함으로
읽는 이 모두에게 희망을 안겨 준다.
동화 『강아지똥』『무명저고리와 엄마』『사과나무밭 달님』
『비나리 달이네 집』, 시집 『어머니 사시는 그 나라에는』,
산문집 『오물덩이처럼 뒹굴면서』『우리들의 하나님』을 펴냈다.

사는 거야 어디서 살건

1937년 9월에 나는 일본 도쿄 혼마치(本町)의 헌 옷 장수 집 뒷 방에서 태어났다고 한다. 그런데 함께 동무했던 아이들과 학교에 들어가지 못해 얼마나 실망을 했는지 모른다. 그래서 늘 외톨이로 골목길에서 지내야 했다. 삯바느질을 하시던 어머니는 저녁때면 5전짜리 동전을 주면서 심부름을 시켰다. 이 때 나는 따뜻한 사람들을 많이 만났다.

키도 작고 손도 조그만 히데코 누나는 항상 말이 없고 외로워 보였다. 함께 극장에 가면 고구마 튀김을 수건에다 겹겹이 싸서 식지 않도록 품 속에 넣어 뒀다가, 영화가 중간쯤 진행될 때 꺼내서 내 손을 더듬어 쥐여 주던 그 따뜻한 촉감은 평생을 잊을 수 없다.

아무렇게나 흘러 들어와 모여 사는 빈민가 사람들의 가족 구성도 정상적이지 않았다. 골목길 끄트머리 노리코네 아버지는 조선 사람, 어머니는 일본 여자, 노리코는 고아원에서 데려온 딸이었다. 건너편 집의 미치코는 주워다 키운 아이고, 동생 기미코는 조선 아버지와 일본 어머니 사이에 태어난 혼혈아였고, 우리 앞집 일본인 부부도 양딸을 데리고 살고 있었다. 한 집 건너 경순이는 관동 지진 때 부모를 잃고, 거기서 식모살이처럼 얹혀 살고 있었다.

경순이는 가끔 얻어맞아 퉁퉁 부어오른 얼굴로 우리 집으로 쫓겨 왔다. 어머니는 어루만져 달래 주고, 밥을 먹이고, 재워 줬다. 경순이에 대한 추억은 이따금 아직도 가슴을 아프게 한다. 스무 살이 넘었을 것이라 했지만, 경순이는 제 나이가 몇 살인지 몰랐다. 오테다마(팥 주머니)를 만들자면 보통 팥알을 넣는데, 경순이는 그럴 수 없어 우리 집 추녀 밑에 빗방울이 떨어지면서 만들어진 자잘한 돌멩이를 골라 만들곤 했다. 소설 『몽실 언니』의 몽실이는 혼마치에 살았던 히데코 누나이기도 하고, 경순이 누나이기도 하고, 그 외의 가엾은 아이들의 모습이다.

1946년 해방 이듬해, 우리는 조선으로 돌아왔다. 그 때 '조선인 연맹'에 가입했던 형님 두 분은 다음에 돌아오기로 했으나, 끝내 돌아오지 않았다. 울타리의 동백꽃이 피던 3월에 후지오카의 버스 정류장에서 나는 차에 오르지 않으려 애를 썼지만, 끝내 떼밀려

태워졌고, 차는 떠나고 말았다. 만 8년 6개월 동안 어렵지만 정들어 자라 온 땅을 떠난다는 것은 가슴이 쓰리고 서러운 일이었다.

1946년 4월은 보릿고개가 심했다. 거듭된 흉년으로 웬만한 집 모두가 쑥과 송피로 죽을 끓여 먹고 있었다. 그것도 하루 세 끼 먹는 집은 드물었다.

만주와 일본에 갔다가 돌아온 동포들의 생활은 말이 아니었다. 당장 거처할 집이 없는 우리 식구는 뿔뿔이 흩어졌다. 어머니와 동생과 나는 외가가 있는 청송으로 갔고, 아버지와 누나는 안동으로 갔다. 함께 모인 것은 1947년 12월이었다.

나는 초등학교를 네 군데 다녔다. 도쿄의 혼마치에서 8개월, 군마켄에서 8개월, 조선에 와서 청송에서 5개월, 그리고 나머지는 안동에서 졸업을 했다. 그것도 잇따라 다닌 것이 아니라, 몇 달씩 몇 년씩 쉬었다가 다니는 바람에 1953년 3월에야 겨우 졸업을 했다.

아버지는 소작 농사만으로는 월사금을 못 내어 어머니가 행상을 하셨다. 한 달에 여섯 번씩 가시는데, 장날 갔다가 다음 장날 돌아왔다. 그러니 자연히 밥 짓는 일은 내가 맡아야 했다. 아침밥을 지어 먹고 설거지하고 학교 가자면 바쁘게 달려가야 했다. 그때 열 살 때부터 밥을 짓는 것을 배웠으니, 훗날 혼자서 살아가는

데 많은 도움이 되었다. 초등학교를 졸업하고 나서 처음 시작한 것이 나무 장수였고, 다음이 고구마 장수, 담배 장수, 그리고 점원 노릇.

결핵을 앓은 것은 열아홉 살 때부터였다. 처음엔 숨이 차고, 몹시 피곤했지만, 그런 대로 두 해를 더 버티다가 결국 1957년, 고향으로 돌아와 버렸다. 마을에는 객지에 갔다가 결핵으로 돌아온 아이들이 나 말고도 10여 명이나 되었다. 식모살이 갔던 성애와 철도 기관사 조수로 일하던 태호, 산판에서 일하던 청수, 기덕이, 옥이, 성란이. 우리는 이따금 나오는 항생제를 배급받기 위해 읍내 보건소를 찾아갔다. 그러나 허탕치고 돌아오는 날이 많았다. 약이 필요한 만큼 공급되지 않아서였다.

하나 둘씩 차례로 죽어 갔다. 열일곱 살의 기덕이는 빨간 피를 토하다 죽고, 열다섯 살의 옥이는 주일 학교 동무들이 예배를 드리는 가운데 숨을 거두었다. 다 죽고, 마지막 나 혼자만 남았다. 나는 늑막염과 폐결핵에서 신장 결핵, 방광 결핵으로 온몸이 망가져 갔다. 병을 앓는 나도 고통스러웠지만, 식구들의 고통은 더 심했을 게다. 어머니는 내가 아니었으면 좀더 오래 사셨을 텐데, 자식 병구완하시느라 일찍 돌아가셨다.

어머니는 첫아들을 장티푸스를 앓으면서 사산(死産)하시고, 셋째는 열일곱 살 때 잃고, 둘째와 넷째는 해방 이듬해 헤어진 뒤 결국 다시 만나 보지 못하셨다. 그런 어머니는 1964년 가을에 세상을 뜨셨다. 몸져 누우시기 전날까지 병든 자식 걱정하며, 헤어진 자식 기다리며 사셨다.

어머니가 돌아가시고 나자, 나는 세상이 싫어졌다. 그래서 이 무렵 나는 동생을 결혼시켜야 하니 어디 좀 나갔다 오라는 아버지의 제안을 선뜻 받아들여 무작정 집을 나왔다.

1965년 4월에 나갔다가 8월에 돌아왔다. 그 때 대구에서는 이윤복 군의 일기 『저 하늘에도 슬픔이』가 영화화되어 거리마다 극장 포스터가 나붙어 있었다. 나는 대구에서 김천으로, 상주로, 점촌, 문경, 예천으로 3개월을 떠돌아 다녔다. 인생의 가장 밑바닥 생활인 걸식을 한 것이다. 그러나 그것 때문에 병 한 가지만 더 얻었다. 그 때부터 앓기 시작한 부고환 결핵으로 온몸이 불덩이처럼 열이 올랐다. 산길에 쓰러져 누워 있다 보면, 누군가가 지나다 보고 간첩으로 오해를 하기도 했다. 그 사이 아버지도 돌아가셨다.

이 곳 교회 문간방에 들어가 살게 된 것은 1967년이었다. 전에 살던 집은 소작하던 농막이어서 비워 주어야 했기 때문이다. 아버지, 어머니는 한평생 당신들의 집이 없었다. 가엾은 분들이다. 서향으로 지어진 예배당 부속 건물의 토담집은 겨울엔 춥고, 여름엔 더웠다. 외풍이 심해 겨울엔 귀가 동상에 걸렸다가 봄이 되면 낫곤 했다. 그래도 그 조그만 방은 글을 쓸 수 있고, 아이들과 자주 만날 수 있는 장소였다. 여름에 소나기가 쏟아지면 창호지 문에 빗발이 쳐서 구멍이 뚫리고 개구리들이 그 구멍으로 뛰어들어와 꽥꽥 울었다. 겨울이면 아랫목에 생쥐들이 와서 이불 속에 들어와 잤다. 자다 보면 발가락을 깨물기도 하고, 옷 속으로 비집고 겨드랑이까지 파고 들어오기도 했다. 처음 몇 번은 놀라기도 하고, 귀찮기도 했지만, 지내다 보니 그것들과 정이 들어 버려 아예 발치에다 먹을 것을 놓아 두고 기다렸다. 개구리든 생쥐든 메뚜기든 굼벵이든 같은 햇빛 아래 같은 공기와 물을 마시며, 고통도 슬픔도 겪으면서 살다 죽는 게 아닌가? 나는 그래서 황금덩이보다 강아지 똥이 더 귀한 것을 알고, 외롭지 않게 되었다.

지금 우리 집엔 강아지 한 마리가 있는데, 심성이 착해서 좋다. 이름을 '뺑덕이'라 지었더니 아이들이 왜 하필이면 뺑덕이라고 하느냐고 하지만, 나는 심청전에 나오는 뺑덕 어미가 훨씬 인간적인 가엾은 여인이어서 좋기 때문이다.

예배당 문간방에서 16년 살다가 지금은 이 곳 산 밑에 그 문간방과 비슷한 흙담집에서 산다. 사는 거야 어디서 살건 그것이 문제되는 것이 아니라, 어떻게 사는가가 더 중요한 것이 아닐까?

식민지와 분단과 전쟁과 굶주림, 그 속에서도 과연 인간이 인간답게 살 수 있을까? 앞서 간다는 선진국은 한층 더하다. 그들은 침략과 약탈과 파괴와 살인을 한 대가로 얻은 풍요를 누리는, 천사처럼 보이는 악마일 따름이다. 우리 인간이 인간다워지기 위해서는 선진과 후진이 없어야 한다. 물론 우리 나라의 경우, 인위적으로 만들어진 분단도 하루 속히 무너뜨려야 한다. 경제적 후진만으로 부끄러워할 이유가 없다.

기름진 고깃국을 먹은 뱃속과 보리밥 먹은 뱃속의 차이로 인간의 위아래가 구분지어지는 것 자체가 부끄러운 것이다. 약탈과 살인으로 살찐 육체보다, 성실하게 거둔 곡식으로 깨끗하게 살아가는 정신이야말로 참다운 인간의 길이 아닐까?

누가 이렇게 물었다.

"장가는 못 가 봤는가요?"

"예, 못 가 봤습니다."

"그럼, 연애도 못 해 봤나요?"

"연애는 수없이 했지요. 할아버지, 할머니하고도, 아이들하고도, 강아지하고도, 생쥐하고도, 개구리하고도, 개똥하고도……."

김
정
한

(1908~1996)

경상남도 동래군에서 태어났다.
동래고등보통학교를 거쳐 일본에 건너가 동경 와세다대학 부속
제일고등학원 문과에서 수학하였다. 동래고보를 졸업한 해에 교원으로
취직했다가 직장 내 민족적 차별대우에 불만을 품고 조선인교원동맹을
조직하려다 탄로나 피검되었으며, 동경 유학 시절에는
사회주의문학운동단체인 동지사(同志社)에 참여하기도 했다.
1936년 조선일보 신춘문예에 일제강점기 궁핍한 농촌의 현실과 친일파
승려들의 잔혹함을 그린 「사하촌」이 당선되어 문단에 데뷔하였고, 이후
「항진기」「기로」「추산당과 곁사람들」「낙일홍」「월광한」과 같은 작품을
발표하면서 '민중을 선동하는 요주의 작가'로 지목된다.
1940년 한국어교육이 금지되면서 교직에서 물러나
동아일보 동래지국장으로 있던 중 치안유지법 위반으로 피검되었고,
같은 해 8월 동아일보가 강제 폐간되자 절필에 들어가
교직과 언론계에서만 활동하였다. 그러던 1966년, 『문학』 6월호에
가난한 어촌민의 생활과 수난을 생생하게 그린 「모래톱 이야기」를
발표하면서 문단에 다시 등장해 화제를 불러일으켰고, 이후 「제삼병동」
「뒤기미 나루」「축생도」「인간단지」 등의 역작을 발표하며 1987년
민족문학작가회의 초대 회장으로 추대되었다. 그는 41편이라는 많지 않은
작품을 남겼지만, 틈틈이 자신의 생애를 반추하는 참회록을 쓰는 등
끊임없이 작가 정신을 불태우다가 1996년 별세하였다.

반골 인생

호적에 1908년생으로 되어 있으니까, 나라는 생물이 이 땅에 태어난 건 우리 연대로 치면 대한제국의 마지막 임금인 순종 2년, 그러니까 당시 국권을 틀어쥐고 천하를 호령하던 매국 정상배들이 민족의 장래 일일랑 요만치도 염려하지 않고, 일신들의 영달(?)에만 눈이 뒤집혀서 나라를 몽땅 일제에 팔아 넘긴, 바로 이태 전이되는 셈이다. 기록에 따르면, 매국배족적(賣國背族的)인 을사보호조약 이후 계속 번지던 항일 무장 봉기가 이해 정월에는 각지에서격렬히 일어났고, 3월에는 우리의 외교 고문이란 자리에 있던 미국인 스티븐슨이란 자가 엉뚱스럽게도 일본의 이른바 보호 정치를 찬양하는 따위의 배신 행위를 하다가 전명운(田明雲), 장인환(張仁煥)에게 사살되기도 했다. 그러나 일제는 한국을 식민지화하려는 야욕을 끝내 버리지 않고서, 도리어 매국 도당들과 더욱 군

김 정 한

게 결탁하면서 매국노들의 앞잡이들을 그들의 헌병 보조원으로 모집, 채용하여 소위 정보 수집과 애국자들에 대한 잔학 행위를 감행시키는 한편, 경제 개발의 지원이란 미명하에 기실은 토지 수탈과 식민 정책 기관인 동양척식주식회사를 그 해 12월에 만들어 내었다.

이러고 보면, 나는 출생 때부터 일제와 매국노와 그들의 앞잡이들과 운명적인 관계를 이미 가졌던 것이 아닐까 생각될 때가 있다.

세 살 때 조국을 잃었지만, 물론 알 턱이 없었다. 그저 보채거나 억지를 쓸 때, 어머니가 "순사 온데이!"하면 막연히 일본 사람들을 생각하고 겁을 내곤 했을 따름이다. 그러나 겁은 곧 미움으로 바뀌었다.

왜—ㅅ놈 꼰놈
꼬치밭에 꼰놈

너댓 살 될 때부터는 동요(?) 같은 노래를 부르며 동네 조무래기들과 놀았다.

일본 사람들과 그들을 따라다니는 조선 사람들을 구체적으로 미워하게 된 것은, 그들이 소위 밀주 단속을 나돌아다닐 때의 일이었다. 농가에서는 여느 집 없이 농주를 빚게 마련이었는데, 그놈이 금지되고부터는 들키면 경찰에 끌려가기가 일쑤고, 꼬박꼬박 벌금을 물어야만 했다. 그러니까 순사와 세무서 사람들(밀주 단속 때에는 그들은 늘 같이 다녔다)이 오는 낌새를 채면 마을 사람들은 술동이를 안고 이고 허둥지둥 숨길 곳을 찾아 헤매었던 것이다.

놈들은 냄새를 잘 맡았다. 나뭇가지 속에 숨긴 것도 잘 찾아내고, 짚가리 속에 깊이 묻은 것도 용케 알아냈다. 그러니까 들에 갖다 두는 것이 제일 미더웠지만, 나중에는 그것도 알게 되고, 급히 가져가다가 길바닥에 엎지르기라도 했다간 세 이웃이 혼이 나기도 했다. 어머니들이나 아버지들의 뺨에 놈들의 손이 철썩 하고 닿는 걸 보았을 때, 내 속에는 "조놈의 새끼들!"이란 말이 연신 맴돌았다.

"원수를 갚아야지……."

나는 이런 생각을 하면서 유년 시절을 보냈다.

내가 나이 들어 경찰에 붙들려 가고, 심한 고문을 당할 때마다 나는 왜놈들과 그들의 앞잡이들에게 뺨을 얻어맞던 그 시골 사람들, 아니 우리 아버지 어머니들의 일을 기억에 떠올리면서 고통을 견디었다. 내가 농민들을 소재로 하는 소설을 즐겨 쓰게 된 것도 모두 이 유년 시절에 겪은 일들이 머릿속에 깊이 박혀 있기 때문이라고 생각된다.

권위라든가 인간, 특히 탐욕에 대한 불신, 불만 내지 저주가 싹튼 것도 내게 있어서는 유년 시절부터의 일이었다.

한글(그 때에는 언문이라고 했다)은 집에서 주로 어머니에게 배웠다. 서당이란 데 나가기 전의 일이었다. 여섯 살 때부터 서당에 나갔다. '하늘천따지'를 기계적으로 배웠다. 그리고『동몽선습』,『자치통감(資治通鑑)』에 들어갔다.『통감』에 들어가고부터는 제법 문맥이 통했다.

그 때 접장으로 계시던 분이 바로 내 종조부였다. 그리고 그 종조부의 친손, 그러니까 내게는 재종뻘이 되는 형이 한 분 나와 같이『통감』을 배웠다. 좀더 자세히 말하자면, 재종형은 나보다 나이도 몇 살 위고, 글을 배우기 시작한 지가 오랠 뿐 아니라,『통감』에 들어간 것도 꽤 오래 됐던 모양이었다. 그러나 어쩌다 보니 내가 그를 어느새 따라 내고, 진도가 같이 되어 버렸다.

종조부께서는 나와 그를 나란히 앉혀 놓고는 그날 그날 가르치는 분량을 같이 했다. 나는 불만을 느꼈다. 좀더 많이 가르쳐 주었으면 싶었다. 내 욕심에는 차지 않았기 때문이었다. 그러나 감히 말을 할 수는 없었다.

　서당에서는 그날 그날 배운 것을 이튿날 아침에 선생 앞에서 외워야 한다. 때로는 '밑글'이라 해서 그 전에 배운 것까지 합쳐서 상당한 분량을 외워야 할 때도 있다. 재종형은 늘 더듬거렸다. 밑글에서 낙제하면 진도를 일단 멈추고, 전에 배운 것을 다시 배워야 한다. 요즘 말로 하자면 재수를 하는 거다.

　결국 암만 해도 내가 재종형을 앞지르지 않을 수 없는 형편에 놓이게 되었다. 선생인 종조부께서는 그게 못마땅했던 모양이다. 한번은 밑글을 외우다가 재종형의 경우 같으면 능히 보아 주고도 남을 정도인데도 불구하고, 내게는 그만 매질이 내렸다. 대나무 회초리에 귀가 떨어져 나가는 것 같았다. 귓가죽에서 피가 흘러내렸다. 나는 그로부터 서당을 그만두었다. 할아버지도 아버지도 내 고집을 이겨 내지 못했다. 아버지는 하는 수 없이 장에 가서 『현토통감(懸吐通鑑)』이란 걸 사 왔다. 나는 그것으로써 통감을 떼었다. 물론 그날 그날 익히는 분량도 내 마음대로 정해서 익혔다. 나는 선생인 종조부를 원망했다. 싫어졌다.

　'당신의 친손자보다 앞서는 게 무엇이 그리 못마땅했을까……'

　나는 도를 넘은 종조부의 인간 차별을 얄밉게 생각했다. 스승의 권위, 나는 그것을 인정하기 싫었다. 위선자! 이기주의자!

김 정 한

이런 일이 있고 나서부터 나는 세속적인 권위에 대한 반감과 인간에 대한 불신감을 가지게 되었다. 말하자면 유년 시절부터 불의에 대한 저항, 반골벽(反骨癖)이 싹트기 시작했다고 볼 수 있다.

내 고향에는 아직 정규의 소학교가 서지 않았기 때문에 서당을 그만둔 나는 가까운 절간에 있는 사립 학교에 들어갔다. 시설이나 교사진이 정규 학교보다는 못했지만, 그래도 새로운 지식을 얻을 수 있는 것이 서당보다는 나았다.

절에서 세운 학교라, 육순이 넘은 주지인 교장은 신학문을 알 턱이 없고, 그저 아침 조회 시간에 학생들 앞에서 자기가 아는 불경 구절이나 꺼내다가 개 벼룩 씹듯 이를 꺽꺽 씹기가 일쑤였다.

그래도 교실에 들어가면 젊은 스님 선생들이 사칙(四則)도 가르치고, 창가도 가르쳤다. 학교가 파하면, '청산 속에 묻힌 옥도'니, '학도야 학도야 청년 학도야' 하는 노래들을 부르며 학생들은 마을로 돌아왔다.

나는 이 절 학교에 2년 동안 다니면서 소위 신학문이란 걸 배운 이외에 그 당시의 불교라기보다 절이나 중들에 대한 일들을 직접 눈으로 많이 보았다. 소위 강원*이란 데서 불경 공부를 하는 아주 젊은 중들은 몰라도, 대부분의 늙은 스님들은 수도를 하는 것 같지는 않고, 그저 뜰에 난 풀이나 뽑고, 밥때가 되면 밥이나 받아먹는 것같이 보였다. 마치 그것이 일과나 되는 것처럼. 그래서 그런 노장(老長)들을 중심으로 생각할 때에는 절이란 요즘의 양로원 비슷한 느낌밖에 들지 않았다.

그 밖에 3, 40대의 중들은 승적만 가졌을 뿐, 대부분 절 가까운 부락에 가정을 가지고 있어, 절에는 무슨 큰 불사나 있지 않으면 좀처럼 얼굴을 내놓지 않았다. 다만 그러다가도 새 주지를 뽑을 때만은 그 중 똑똑한 중들은 숫제 몇 패로 나뉘어서 서울로 어디로 모여 다니면서 싸움들을 하였다. 한번은 주지 선출 문제로 중들끼리 칼부림까지 하였다는 소문도 들렸다. 그리고 주지 선거에 그렇게 열들을 올리는 까닭은 사답(寺畓)을 비롯한 절의 재산과 그와 관련되는 개인적인 이해 관계 때문이란 것을 알게 되자, 지금까지 가졌던 중들에 대한 생각이 완전히 달라졌다. 세속적인 욕심을 버린 불도들이라기보다 도리어 속인들 이상으로 물욕에 집착하는 사람들같이 보였던 것이다. 요컨대 지원정사(祇園精舍)의 유풍(遺風)은 찾을 곳이 없었다. 그래서 이런 중년층 중들을 중심으로 해서 볼 때에는, 중이란 나이 들면 가정을 가지게 되고, 속인들이 소작하는 사답이나 떼어 가는 땡땡이들로밖에 보이지 않았다. 더구나 내게 중들에 대한 멸시감을 더욱 깊게 한 것은, 어떤 여

김 정 한

염집 부인을 가로챈 중이 버젓이 주지를 하고 있다는 사실이었다.

이와 같이 타락해 간 절과 중은 일제 말기에 가서는 완전히 그들과 야합하는 꼴이 되었다. 절마다 법당에는 '천황 폐하 성수 만세'니 '황군 무운장구' 따위의 팻말이 나붙고, 속인들이 짓던 사답은 거의 가정을 가진 중들에게 돌아가고 말았다.

「사하촌」이니 「옥심이」니 하는 나의 초기 작품들 속에 사찰이나 승려들이 좋지 않게 나오는 것은 이상과 같은 나의 소년 시절의 인상이 크게 작용한 것이라고 생각된다.

동래고보 하면 전국적으로 알려진 반일 전통을 가진 학교였다. 내가 그 학교에 적을 둔 것은 나의 반골 정신을 더욱 자라게 한 결과가 되었다. 2학년 때부터 학교를 마칠 때까지 소위 스트라이크가 없은 해가 없었다. 비록 선두에는 못 섰을망정 가담 아니 한 때가 없었다. 학교에서 일본인들이 시키는 일이라면 사사건건이 반대를 하듯 했다. 합동으로 박힌 졸업 기념 사진에 엄금되어 있던 장발에 혼자 촌놈처럼 두루마기를 입고 섞여 있는 꼴만 보아도 스스로 미소가 나올 정도로 통쾌한 생각이 되살아나기도 한다.

스트라이크는 대개가 일본인 교사들의 무능과 군국주의적인 억압, 멸시…… 이런 것들이 원인이 되어 일어났다. 물론 학교를 쫓겨난 희생자도 많았지만, 성공한 경우도 있었다. 비록 제국주의 체제 밑이었으나, 경찰이 학원에는 함부로 손을 대지 못했던 것이 지금 생각하면 다행한 일이었다고 느껴진다. 한국인 교사도 왜놈에게 아부하는 눈치만 보이면 용서하지 않았다. 도청 시학까지 지낸 조선어 및 한문 선생이 한 분 왔다가 수업 첫 시간에 혼이 난 일이 있었다.

식민지인 조선에 나와 있던 일본인은 물론이거니와, 식민지 백성들은 일본을 '내지', 그리고 일본 사람을 '내지인'이라고 부르게끔 되어 있었다. 그러나 쓸개 빠진 놈이 아닌 이상 그렇게 부르는 조선인은 없었다.

그런데 처음 부임해 온 이 조선인 교사가 수업 첫 시간에 '내지'란 말을 덜컥 썼다가 그 자리에서 학생들로부터 면박을 당했다. 물론 나도 그런 제자 중의 한 사람이었다.

"선생님!"

우리 반에서 제일 나이 많은 축에 드는 한 학생이 선생의 말 도중에 느닷없이 질문을 시작했다.

"내지가 어딥니까?"

선생은 하던 말을 중단당하고 어리둥절하는 표정을 하였다. 얼른 대답도 못 했다. 질문을 하는 학생의 어세가 만만치 않은 데 질린 모양이었다.

"충청북도를 가리키는 말씀입니까?"

또 한 학생이 이렇게 들고 나왔다. 우리 나라 13도 중에 바다에 접하지 않은 곳이 충청북도뿐인 데서 튀어나온 질문이었다. 학생들은 킥킥킥 웃어 댔다. 선생은 얼굴이 홍당무같이 달아올랐으나, 말은 못 했다.

"오늘은 이만 하고 마칩시다. 선생님 기분도 안 좋으실 테니까……."

학생들은 선생만 교실에 남겨 둔 채 우르르 밖으로 나와 버렸다.

그 '조선어 및 한문' 교사는 그렇게 기가 꺾여도 화를 내지 않았다. 수양을 쌓은 덕일까……. 곧 우리는 그에게 다른 요구를 했다. 즉 군국주의 냄새가 물씬 나는 일본인들의 글이 많이 섞인 교과서 대신, 한문 시간에는 차라리 다른 교재를 쓰자고 하였다.

일부 학생들이 염려했던 것과는 달리, 우리의 그 요구가 바로 그 자리에서 해결되었다. 덕택에 우리는 한문으로 된 『춘향전』을 교재로 쓰게 되었다. 물론 그 선생은 우리 앞에서는 '내지'니 '내지인'이란 말을 다시는 쓰지 않았다.

중학을 나오던 해 가을에는 울산 대현공립보통학교에 교사로 취직이 되었다. 그러나 내가 「어둠 속에서」란 소설에서 더러 건드린 바와 같이, 일제의 식민지 교육 정책과 그 현황은 식민지 청년 교사로서는 도저히 참을 수 없는 굴욕적인 데가 많았다.

노예 교사가 되기 싫었던 나는 부임 즉시부터 반골 기질을 드러 내고 말았다. '선어(鮮語)'란 모욕적인 교과목 용어를 '조선어'로 고치고, 토요일마다 여학생들을 끌고 가 일본인 교장 사택 청소를 시키는 것을 못 하게 하고, 아침 모임 때마다 일본 천왕이 있는 동 쪽을 향해 큰절을 드리는 소위 '동방요배'를 비판하고, 조선인 교 원 연맹 같은 걸 만들려고 엄두를 내다가 결국 탄로가 나서 경찰 의 신세를 지게 되었다. 반 년도 채 못 되어 그 곳을 떠났다. 예의 불령선인(不逞鮮人)이란 낙인이 찍힌 셈이다.

어떤 의미에서는 전화위복이랄까. 집에서는 하는 수 없다는 듯 이 일본 유학을 허락했다. 처음엔 경응대학 예과에 입학을 해 보 았으나, 돈 많은 집 자제들이 많이 다니는 곳이라, 역시 기질이 맞 지 않아 다시 와세다로 옮겼다. 와세다의 자유주의적 학풍이 마음 에 들었고, 또 거긴 우리 유학생들도 비교적 많았다. 뿐만 아니라, 대부분이 나와 같은 반골 기질을 가진 축들이었다.

나는 곧 독서회에 들어갔다. 오늘날의 대학 서클 같은 것이었 다. 그러나 오늘날의 대학 서클같이 화려(?)하고 사교적인 것은 아니었다. 일종의 동지적인 조직으로서 주로 사회과학 방면의 공부와 토론을 하는 것이 목적이었다. 물론 오늘날 우리 나라의 대학처럼 학교 당국 같은 데서 감독이나 간섭을 하지도 않았다. 아니, 못 했다.

문학을 지망하는 문과에 적을 두었지만, 나는 그러한 독서회의 멤버가 되고부터는 문학 서적보다 사회과학 방면의 서적을 더 많이 읽기 시작했다. 따라서 비판적인 반골 기질은 더욱 굳어져 갔다. 문학을 말하기 전에 사회적인 부조리, 그리고 반사회적인 제국주의 체제, 우리 민족의 운명, 이런 것들이 늘 문제가 되고, 관심사가 되었다. 그런 것들을 내용으로 한 단편을 국내 잡지에 발표하기도 했다.

그러다가 1932년 여름 방학에 귀성했을 무렵, 양산 농민 의거 사건에 관련이 되어 다시 경찰에 피금됨으로써 이번에는 직장 아닌 학업을 중단하게 돼 버렸다. 그리고 그것이 내 일생의 운명을 결정지은 중대한 원인의 하나가 된 것은 더 말할 나위가 없다.

이리하여 나란 인간은 세속적으로는 불효한 자식이 되고, 무능한 남편, 무능한 애비가 되고, 반일 불온분자가 되었다.

그러다가 겨우 옛 스승의 도움을 받아 남해란 섬에 가 다시 보통학교 교원 노릇을 하며, 소설 나부랭이를 끼적거리다가 일제의 최종적인 발악이 심해질 무렵, 절필과 동시에 직장도 그만두고,

폐간 직전에 놓인 동아일보 동래 지국을 맡아서 허덕이다가 그것
도 몇 달 못 가 결국 동아일보와 운명을 같이하고 말았다. 이리하
여 나의 반골 정신은 나를 다시 실업자로 만들었다. 그리고 가끔
경찰 신세를 지게 했다.

"세 살 적 버릇이 여든까지 간다."는 말이 있듯이, 8·15 해방이
되어도 나의 반골벽은 그대로 나아갔다.

해방 며칠 전, 옛날 동아일보 부산 지사를 맡아 있던 강대홍(姜
大洪) 씨가 찾아와서(그는 그 뒤 우리 정부가 선 뒤에 옥사했다), 우리
가 잘 아는 고등계 형사 아무개로부터 일본이 패망할 때에는 우리
같이 불령선인으로 지목되어 있는 사람은 어쩔지 모르니, 잠시 피
해 있는 게 좋으리라는 연락을 하고 갔으니 그러자고 하기에, 자
기는 김해 방면으로 가고, 나는 구포에 있는 아는 분의 고아원으
로 가서 잠시 신세를 진 일이 있는데, 해방이 되자 난데없는 애국
자들이 쏟아져 나와서 우리를 놀라게 한 일이 있었다. 무슨무슨
애국을 빙자한 정당 단체들이 우후죽순처럼 일어났다.

"인제 저 자식도 머가 될란가?"

내 어머니도 이런 말씀을 하시고, 고향의 일가 친척들도 조국의
해방을 위해서 아무 한 일도 없는 내게 어떤 기대를 걸기도 했다.

그러나 나는 상해에 있던 임시 정부나 어서 돌아와 주었으면 하고 아무 데도 관계를 하지 않고 있었다. 서울에서 조직된 좌우 문학 단체에서는 내 승낙도 없이 그저 이름을 자기들 마음대로 함께 발표하기도 했다.

임정은 쉬 돌아오지 못하고, 급조된 정치 단체, 사회 단체들은 더욱 혼란을 일으켰다. 나는 지방 신문에 가끔 비판적인 논설을 발표하였다. 그러다가 이승만 씨와 김구 씨가 대립했을 땐 김구 선생의 주장을 지지하다가 혼이 난 일이 있다. 김구 선생이 흉탄에 쓰러져도 이승만 박사의 독재 정부하의 신문들이 겨우 1, 2단 정도의 눈가림 보도밖에 못 하는 것을 보고는, 구역질이 나서 신문도 잘 들여다보지 않았다.

이 박사가 김구 선생의 빈소를 다녀간 뒤에야 겨우 3, 4단 정도의 보도들을 했지만, 언론의 자유를 압살하는 권력의 횡포와 그것에 굴종하거나 시녀 노릇을 하는 언론의 무기력에 대해서 나대로 기회 있는 대로 비판, 규탄해 왔다.

문단 복귀 후의 내 작품들 가운데서 간접적으로 신문인들을 빈정거리다가 생각지 않았던 오해를 받는 것도 이런 반골벽, 저항적인 기질의 탓이라고 생각한다.

물론 이 같은 반골벽이 나 개인에게 불리한 결과를 가져온다는 것은 체험을 통해서 뼈에 사무치게 알고 있다. 교수를 해 먹다가 두 번이나 목이 달아나고 옥에 갇히고 한 게, 다 이런 내 기질 탓이니 하는 수 없는 일이라고 생각할 따름이다. 그렇다고 조국이나 민족을 위해서 어떤 일을 했다고도 생각하지 않거니와, 크게 죄를 지었다고 슬퍼하지도 않는다.

그저 반골 인생, 이런 생각이 떠오를 따름이다. 그리고 이것이 누구의 탓일까 하는…….

김 정 한

노
무
현

(1945~)

경상남도 김해에서 태어나 부산상업고등학교를 졸업했다.
잠시 직장생활을 하다가 사법시험에 합격하여 판사로 일했다.
1981년 '부림사건(釜林事件)'의 변론을 맡으면서
학생, 노동자 등을 변론하는 인권변호사의 길을 걷기 시작했다.
1988년 국회의원으로 당선되었고 같은 해
제5공화국비리조사특별위원회 위원으로 활동하면서
날카로운 질문과 정연한 논리로 이름을 날려,
이른바 '청문회 스타'로 떠올랐다.
2002년 초 새천년민주당 대통령 후보로 선출되어
그 해 대통령 선거에서 한나라당의 이회창 후보를 물리치고
제16대 대통령이 되었다. 당시 노무현을 지지하던 사람들의 모임
'노사모(노무현을 사랑하는 사람들의 모임)'는 인터넷 공간에서 활발한
활동을 벌이며 노무현의 지지도를 폭발적으로 올려놓았다.
저서로 사적인 이야기를 담은 산문집 『여보, 나 좀 도와줘』,
평전 『노무현이 만난 링컨』이 있다.

나의 인생, 나의 분노

48년간 나의 인생은 과연 한 점 부끄럼 없는가?

'입지전적인 인물'이라는 말이 있다. 빈손으로 엄청난 돈을 벌어서 재벌이 됐다든지, 가난한 집에서 태어나 역경을 딛고 고관대작이 됐다든지, 아니면 자기 뜻을 세워 이름을 날렸다든지 하는 사람들을 말할 것이다. 그런 의미에서라면 나 같은 인물도 입지전적인 인물들 가운데 뒷자리를 차지할 수 있을지 모른다. 왜냐하면 나는 입지전적인 인물에게나 보내질 것 같은 찬사를 여러 번 들어왔고, 또 사람들은 나를 그렇게 분류하는 데 서슴지 않기 때문이다. 그러나 그런 것은 아무래도 좋다. 보다 본질적인 문제는 내가 오늘까지 어떤 인생을 살아왔느냐 하는 것이다.

남들의 평가와는 상관없이 48년간의 내 인생이 양심에 비추어 한 점 부끄러움이 없는가, 어느 누구에게도 떳떳하고 당당한가가 중요할 것이다. 상품은 겉으로 드러나 있는 것 그대로 평가할 수 있겠지만, 인간은 그럴 수가 없다. 과거는 생생하게 오늘 속에 살아 숨쉬고, 인간은 과거에 의해서 검증되고, 현재는 물론 미래까지도 예측이 가능하기 때문이다.

서럽고 괴로웠던 나의 청소년기

나는 1946년, 경상남도 진영에서 5남매 중 막내로 태어났다. 우리 또래의 사람들 대부분이 그렇듯, 나의 어린 시절도 무척이나 가난했다. 우린 정말 허리띠를 졸라매고 살아야 했다. 필통을 사지 못해 누님에게 물려받은 헌 필통을 쓰면서 옆의 친구를 새 필통과 바꾸자고 꾀다가 망신당했던 일, 크레용을 사지 못해 미술 시간마다 꿀밤을 먹으며 야단을 맞던 일, 사친회비를 못 내 한 달에 한두 번씩 집으로 쫓겨 오던 일, 고등학교 3년간 한 푼이라도 싼 곳을 찾아 하숙, 자취, 가정 교사, 회사 숙직실 등을 전전하던 일들이 떠오른다. 나의 외향적인 성격 탓에 기가 죽거나 좌절감을 느낀 적은 그리 많지 않았지만, 때때로 얼마나 서럽고 괴로웠던지 눈물을 참으며 이를 악물어야 했다. 대학까지 들어간 형과 아우를 교육시키기 위해 부모님은 전답을 곶감 빼먹듯 하나씩 파셨고, 그때마다 집안 분위기가 우울했던 기억이 난다.

그 중에서도 가장 생생하게 기억나는 것은 상고 3학년 시절의 초겨울, 잠잘 곳이 없어 학교 교실에서 이틀 밤을 잤던 일이다. 밤 새 이를 악물고 얼마나 떨었던지, 다음 날 이가 아파서 온종일 밥을 한 숟가락도 먹을 수가 없었다. 그런 고생과 설움 속에서 나는 이담에 커서 출세를 하면, 그 지긋지긋한 고생을 벗어나 설움도 갚고, 나처럼 고생하며 사는 사람을 도와주리라 다짐하곤 했다.

결국 어려운 집안 형편 때문에 나는 부산상고에 장학생으로 들어갔다. 어릴 적에도 그랬지만 나의 청소년기는 호기심 많고 장난기가 심했다. 친구들과 공부 안 하기 시합을 한다든지, 머리 더 많이 기르는 것을 자랑으로 생각한다든지, 시험에 함께 불참한다든지, 담배를 숨어 피운다든지 하며 시간을 보내기도 했다. 우월감과 반항심이 교차하는 시절이었다.

고등학교를 졸업할 무렵, 나는 고시에 도전할 생각을 어렴풋하게 품고 있었다. 졸업 후 처음 들어간 곳은 '삼희어망'이라는 작은 어망 회사였고, 그 곳에서 경리직을 맡게 되었다. 그런데 난생 처음 받은 내 월급은 비참할 정도였다. 나는 내 학력과 능력에 비해 너무 적은 월급을 받고 있다는 생각이 들어 회사를 그만두고 말았다.

그리고 독학으로 고시 공부를 시작했다. 남의 집 가정 교사로 용돈을 마련하고, 고시 관련 책들도 얻어 왔다. 여러 과목 중에서도 자연과학, 문화사, 철학 개론 등에 특히 깊은 관심이 갔고, 고시 공부는 정규 대학 과정을 이수하지 못한 나에게 학문적 사고를 할 수 있는 기회를 주었다. 몇 년간의 고생 끝에 1975년 사법고시에 합격했을 때, 나는 30여 년 만에 긴 터널을 빠져나온 기분이었다.

사법고시에 합격도 하기 전인 1973년, 나는 동네에서 제일 예뻤 던 2년 후배와 양가의 반대를 무릅쓰고 결혼했다. 동네에서 천재 라는 소문이 나기는 했지만, 상고를 나와서 명문대 출신들도 계속 떨어지는 사법고시에 합격하겠다고 덤벼드는 내 모습이 다소 허황되게 보이고, 경제적 능력도 없는 때여서 처가에서 반대를 했던 것도 당연한지 모르지만, 나는 배짱을 가지고 혼인 신고를 하고, 식을 올린 것이다.

판사가 되고 나니 양심이 거추장스럽더라

막상 판사가 되고 보니 세상이 다르게 보였다. 돈 걱정 따위는 안 해도 되고, 알아주는 사람 많고, 굽신거리는 사람도 많아 편한 대로 생각하면 정말 살맛 나는 세상이었다. 출세해서 가난하고 힘 없는 사람들을 도와주겠다던 어린 시절의 꿈은 자연히 온데간데 없이 사라져 버렸다. 변호사란 직업도 가난하고 못 배운 사람들에 게는 있으나 없으나 매일반이었다. 돈 없이는 변호사를 이용할 방법이 없다 보니, 변호사는 돈 있는 사람 편에서 없는 사람들을 괴롭히는 결과가 생기게 마련이다.

이 같은 일에 양심의 갈등이 없었던 것은 아니었으나, 우선 가까운 부모 형제들부터 돌보아야 했고, 장차 노후를 위해 그럴듯한 집도 마련하고 싶었고, 시골에 농장이나 별장도 하나쯤 갖고 싶었고, 내 자식놈만은 좋은 대학에 보내 고등학교밖에 못 나온 우리 부부의 한을 풀어 보겠다는 희망에 양심은 오히려 거추장스러운 것으로 여겨졌다.

그 당시, 해마다 입시철이 되면 법대 수석 합격자가 나와 장래 법관이 되어 가난하고 힘없는 사람들을 위해 헌신하겠다고 말하는 것을 들을 때마다 나는 혼자 쓴웃음을 짓곤 했다. 지금 판사, 검사, 변호사, 의사가 된 사람들 중에 과거에 그런 포부를 말해 본 경험이 없는 사람이 있을까 하는 허망한 생각이 들었던 것이다. 어쩌면 그 웃음의 의미는 내 양심의 죄책감에 대한 자조적인 웃음 같은 것이었는지도 모른다.

아무튼 자기 직업에 충실하기만 하면 그것이 바로 사회에 올바르게 이바지하는 것이라는 어거지에 가까운 핑계로 자기 합리화를 방패 삼아 오로지 이기적인 삶에 파묻혀 가고 있었다.

내 인생 행로를 수정해 준 순수하고 뜨거운 청년들

인간은 세상을 살아가면서 인생 행로를 수정하는 결정적인 사건을 맞는다. 그것이 정의의 길이든, 불의의 길이든…….

1981년, 소위 부림 사건이란 시국 사건의 재판을 맡고서부터 나의 이기적인 삶의 껍질은 깨지기 시작했다. 부산에서 민주화 운동을 하던 청년 20명이『역사란 무엇인가』,『전환 시대의 논리』등 사회과학 책을 읽었다 하여 최고 57일간 대공 분실에 불법으로 갇혀서 고문에 의해 좌경용공으로 조작된 사건이었다. 그들은 두 달가까이 가족들에게 아무 연락도 못 하고, 짐승처럼 지내야 했다. 매를 어떻게나 맞았던지 온몸이 시퍼렇게 멍들고, 발톱이 새까맣게 죽어 버렸다. 얼마나 심하게 당했는지 그들은 파리한 몰골이 되어 변호사마저 정보 기관의 첩자가 아닌가 눈치를 살피는 것이었다. 그들의 처참한 모습을 보면서 나의 죽었던 가슴은 서서히 분노로 끓어오르기 시작했다.

모진 고통 속에서도 눈빛만은 형형하게 빛나던 청년들, 어느 한 사람 예외 없이 학교 성적이 우수하고, 부모님에게는 효성이 지극했던 성실한 청년들, 도대체 그들이 무슨 죄를 지었는가? 오로지 죄가 있다면, 순수하게 불타던 이상이 죄였고, 순수한 이상을 가진 만큼 남달리 이웃을 사랑하고, 조국의 장래를 누구보다 걱정하며 뜨겁게 사랑했고, 불의에 대해 용감히 항거한 것이 죄였다.

재판 기간 동안 나는 그들을 자주 만나게 되었다. 처음에는 좋은 대학에 들어가 성적도 우수하여 남보다 나은 자리가 보장된 사람들이 왜 부모님들의 간절한 소망마저 내팽개치고 자기 앞날을 망치는 어리석은 일을 고집하는지 이해할 수 없었다. 그러나 많은 대화를 나누는 동안 나는 차츰 그들의 삶을 존경하게 되었다. 그리고 내 가족만 잘 살면 그만이지, 이웃의 고통이나 권력의 부정부패 따윈 모른 체하면서 사는 게 속 편한 삶이라고 여겼던 내 삶이 한없이 부끄러워지기 시작했다.

그 때부터 나는 학생, 노동자 등의 무료 변론에 적극적으로 나서는 한편, 가난하고 억울한 사람들의 일을 내 일처럼 도맡아 하게 되었다. 가끔 드나들었던 고급 술집이나 그렇게 좋아하던 요트 타기에 발길을 끊었음은 물론이다. 권력을 쥔 사람들과 재벌이 한통속이 되어 법을 맘대로 주무르는 것을 보면, 나 혼자 이 따위 무료 변호 몇 건 해 봤자 계란으로 바위치기가 아닐까 하는 생각이 들어 깊은 절망에 빠진 적도 여러 번 있었다. 하지만 그 때마다 양심을 지키기 위해 고민하는 순수한 사람들의 모습이 나의 망설임을 확고한 신념으로 바꾸어 주었다. 그리고 어린 자식놈을 바라볼 때마다 나는 이런 생각이 들었다. 이 녀석이 장차 컸을 때, 나는 무엇이라고 가르칠 것인가? 양심을 위해 고통이라도 마다하지 말라고 할 것인가, 못 본 체하고 어떻게든 높은 자리에 앉아 돈이나 벌며 살라고 할 것인가? 아니다. 고통의 길에 서라고 하기 이전에 우리 아비 어미들이 앞장서서 이 세상의 고통과 절망을 그대로 물려주지 않아야 한다는 생각이 나를 사로잡았다.

분노를 느끼지 않으면서 어떻게 도전할 수 있겠는가?

잠시 눈멀었던 나의 시야에 힘없고 가난한 사람들의 희생과 고통이 점점 뚜렷하게 다가왔다. 그들의 고통이 내게 무섭게 전달되어 오면서 어린 시절의 고통과 분노도 되살아나기 시작했다. 그렇다. 나는 그 때부터 인생의 새로운 길을 걷기 시작했다.

그 이후 나는 암울한 군사 독재 정권하에서 인권 변호사를 지냈고, 국회의원으로 당선이 되어 이른바 청문회 스타가 되기도 했다. 내가 국회의원이 되었던 것은 잘못되어 가는 정치에 대한 위기 의식도 있었고, 나를 죄인으로 기소한 검찰에 맞서 국민의 심판을 받고자 함이었으며, 민주주의를 위해 기꺼이 한 몸 던지고자 함이었다. 나는 나의 변신에 대해서 한 점 후회도 부끄러움도 없다. 열심히 공부를 한다는 것도 물론 중요하다. 그러나 보다 소중한 것은 자신의 인생을 사람다운 생활로 가꾸는 것이다. 그러면 그 인생은 절대로 실패한 인생이 될 수가 없을 것이다.

나는 지금도 항상 분노를 가슴에 안고 살아간다. 내가 좀더 인생을 철저히 살지 못함을 분노한다. 또 실천하지 못하는 자신에 대해서 분노한다. 사람들이 나를 입지전적인 인생이라고 한다면, 내가 걸어온 발자국 자국마다 분노가 가득 채워져 있기 때문일 것이다. 분노가 없는 가슴은 죽은 가슴이다. 분노를 느끼지 않으면서 어떻게 도전을 할 수 있겠는가?

남과 여,
그리고 사랑

최
성
수

(1958~)

강원도 안흥에서 태어나 국민대와 성균관대 대학원에서
한문학과 국문학을 공부하였다. 한문교육을 위한 교사모임을
여러 선생님들과 함께 만들었고, 우리나라 한문 고전 중에서
전형적인 글들을 뽑아 『함께 읽는 우리 한문』을 엮어 냈다.
1987년 『민중시』 3집으로 작품 활동을 시작했고,
시집 『장다리꽃 같은 우리 아이들』
『작은 바람 하나로 시작된 우리 사랑은』과
소설 『비에 젖은 종이비행기』 『꽃비』 등을 냈으며,
『강의실 밖에서 만나는 문학 이야기』
『가지 많은 나무가 큰 그늘을 만든다』 등의 책을 썼다.
『선생님과 함께 읽는 우리 시 100』 『선생님과 함께 읽는 신동엽』
『강의실 밖에서 만나는 문학 이야기』
『교실에서 세상 읽기』 등의 책을 엮어 내기도 했다.
지금은 경동고등학교에서 한문을 가르치고 있다.

신데렐라가 사라질 때까지

　어느새 불어오는 바람에도 노랗게 물든 은행잎과 붉은 물감 든 아이들 손바닥 같은 단풍잎이 생각나는 9월이다. 그 동안도 별일 없이 잘 지냈겠지? 개학을 하고도 벌써 몇 주가 지났는데, 어떨지 모르겠다. 지금쯤은 방학 동안의 풀어진 마음에서 다시 팍팍한 학교의 일상으로 되돌아오게 되었니, 아니면 여전히 방학 동안의 여유 있는 마음을 지니고 있는지? 하긴 아무리 개학이 되었다고 하더라도, 너무 갑작스럽게 꽉 짜인 일상으로 돌아오게 되면 심리적인 충격이 그대로 남아 있을 게다. 차근차근 적응할 수밖에 없겠지.

　우리 나라 학교 교육만큼 방학과 학기 중의 과정이 단절된 경우도 드물 거라는 생각이 개학을 하고 나면 늘 든다. 학기 중에는 특별 활동 하나도 없이 정규수업에 보충수업에 자율학습까지, 학교가 끝나면 학원에다 과외에다 정신이 없이 지내다가 방학을 맞게 되면, 그 방학이 온전할 수 없는 건 어쩌면 당연할는지도 모른다. 늦잠이라도 자려면 이 눈치 저 눈치를 봐야 하고, 어디 먼 지방으로 여행을 하려 하면 반드시 학교의 허락을 받아야 한다는 방학식 날 교장 선생님의 엄명이 눈앞을 가로막고, 그렇다고 학교 외 단체에서 주관하는 특별활동에라도 참가하려면 의식화니 뭐니 하는 문제로 고민을 해야 하니, 역시 방학다운 방학을 보낼 수 없을 거다. 그래서 방학 동안도 보충수업과 자율학습으로 학기 중과 마찬가지로 꼼짝 못 하게 만드는 거나 아닌지 모르겠다는 터무니없는 생각을 하기도 한다.

어쨌든 개학한 지 벌써 두 주일이 넘었는데, 아직 조금씩 무더위가 끝을 남기고 있긴 하지만, 이 가을의 문턱에서 너희들은 어떤 결실을 얻을지 궁금하다. 곧 여러 학교에서 가을 축제도 열릴 테고, 그런 짧은 가을이 지나면 올 한 해도 그 문을 닫을 텐데 말이다.

오늘은 개학하고 처음 너희들에게 이야기를 들려주는 날이다. 그래서 나는 지난 일주일 동안 무슨 얘기를 들려줄까 내내 고민을 했단다. 그러다가 우연히 책장 구석에 처박아 두었던 지난 신문을 들춰 보게 되었다. 오래 된 것이니까 신문(新聞)이 아니라 구문(舊聞)이겠지만. 그 기사 중에 이런 제목이 눈에 띄더구나.

신데렐라가 사라질 때까지

주부 가사 노동 가치 월 88만 8천 원

그 기사를 보다 나는 문득 지난 주 영호가 내게 무심코 내던졌던 말 한마디가 생각났다. 음식 만들기보다 먹은 음식 치우기가 훨씬 귀찮은 일이지만, 더러운 것을 치운다는 의미에서도 설거지는 요리만큼 귀한 일이라는 얘기를 하자, 영호는 "에이, 그런 건 여자들이나 하는 거지 뭐." 하고 시큰둥했다.

그래서 오늘은 남성의 여성 차별에 대하여 얘기해 보려고 한다. 우선 영호의 말대로 과연 밥하고 설거지하고 빨래하는 일은 여성들만이 해야 하는 일일까? 만약 그렇다고 생각하는 사람이 있다면, 이는 그야말로 남자와 여자를 차별하는 가장 일반적인 차별성에 길들여져 있다고 할 수 있다.

사실 우리 사회는 뿌리 깊은 남아 선호 사상에 의하여(굳이 사상 축에 들기도 힘들겠지만) 어려서부터 사내아이는 자기 우월성으로 무장되도록 길들여져 왔단다. 남학생들을 보면 때때로 그런 것이 무의식 속에 얼마나 깊게 자리잡고 있는지 느낄 때가 많다. 지난번 영호가 그렇게 말한 것도 무의식 속에 집안일은 여자들이나 하는 것이라는 생각이 담겨 있었기 때문이다.

우리는 어려서부터 이런 남녀 차별을 알게 모르게 교육받게 된

최 성 수

다. 아마 너희들도 그런 얘기를 들어 본 적이 있을 거야. 여동생이나 다른 집 여자애들한테 "아이구, 그놈, 고추라도 하나 달고 나왔으면 얼마나 좋을꼬." 하는, 또 남자애들한테는 "그놈 참 장군감이다." 하는 얘기도 자주 들었을 거다.

이런 말 속에 담겨 있는 의미를 분석해 보면 이렇다. 여자는 우선 여자로 태어난 것 자체가 주위에 실망을 주는 것이며, 남자는 남자로 태어난 것이 곧 자랑스러움의 상징이 된다는.

한번 곰곰이 생각해 보렴. 너희들 주위에 얼마나 많은 남녀 차별이 존재하고 있는지를. 교과서를 들춰 봐도 이러한 성 차별은 셀 수 없을 정도로 많다. 사회 생활을 하는 몫은 거의가 남자들 차지로 규정되고 있으며, 집안일, 남편과 가족들을 위해 뜨개질을 하거나 시장 보는 일은 여자들의 몫으로 남겨져 있다. 이런 교육 속에서 자라 온 너희들이 "그런 일은 여자나 하는 거지요." 하는 말을 하는 것도 어찌 보면 당연하다는 생각이 든다.

어느 여학교 학생들에게 장래 희망을 조사해 본 결과가 있는데, 정말 놀라운 것은 그 중 상당수의 아이들이 현모양처라고 대답했다고 한다. 글쎄, 어진 어머니와 좋은 아내가 나쁠 거야 없겠지만, 현모양처라는 말 자체가 가지는 남성 중심의 사고에 여성 자신들까지 길들여진 것이라는 느낌을 떨쳐 버릴 수가 없다.

삼종지도(三從之道)라는, 여성을 남성에게 종속시키는 말까지 교과서에 버젓이 나와 있을 정도니, 여학생들이 현모양처를 장래 희망으로 삼는 것도 무리는 아니겠지.

어려서는 곱고 깜찍하고 상냥하고 새침하고 다소곳하다는 말로 길들여진 여성이 점점 자라면서 삼종지도와 현모양처를 주입당하고, 사회에 나가서는 고분고분한 여자, 사랑받는 아내라는 말에 취해 스스로를 잊어버린 채 결국은 남성에게 종속이 되어 버린다면 어떨까?

또 어려서는 씩씩하고 용감하고 당당하고 패기에 찬 소년으로 대접받으며 자라서, 직장에 나가서는 성공과 출세의 비결을 가르쳐 주는 책을 열심히 읽으며 살아가는 남자들이 이 사회에 가득하다면 그 결과는 어떻게 될까? 겉으로 보기에는 남성들의 천국이 될 것 같지. 그렇지만 결코 남성들의 천국이 될 수는 없을 것이다. 왜냐하면 이 세상은 결코 어느 한쪽의 일방적 독재로는 이루어질 수 없는 것이니까. 이 세상은 남성과 여성이 함께 이루어 가는 것이니까. 만약 한쪽이 다른 쪽을 억압한다면, 억압하는 쪽은 또 다른 힘에 의해 억압당하게 마련이란다. 생각해 보렴. 집안에서 아내를 무시하는 사람이 있다면, 그 사람 또한 밖에 나가면 다른 사람에게 무시당하게 마련일 테니까.

우리 나라 경제 활동 인구의 40%가 여성이라고 한다. 여성을 차별한다는 것은 곧 일하는 우리의 어머니나 누나를 차별한다는 것이 되지 않겠니?

'신데렐라'라는 동화를 너희들도 알고 있을 게다. 계모와 어린 동생의 구박 속에서 고통을 당하던 신데렐라가 고통을 극복할 수 있었던 것은 한 남성에 의해서지. 이 동화야말로 소극적이고 수동적인 여성의 모습을 그리고 있단다.

우리 여성들도 이제 당당히 자신이 주체로 설 수 있어야 한다. 그래야만 신데렐라라는 환상과 자기 스스로를 수동적 인간으로 만드는 현실에서 벗어나 자기 자신의 목소리를 낼 수 있을 테니까.

우리가 사는 이 세상은 참으로 많은 '분단'이 있다. 인종의 분단, 나라 사이의 분단, 그리고 우리 민족에게는 남과 북의 분단이 있다. 그런데 여기에 또 남자와 여자의 분단까지 만들 필요는 없지 않겠니?

지난번에 영호가 한 말에 우리 반 많은 여학생들이 반발을 했지. 그런데 또 남학생들은 그런 여학생들의 반발에 대해 야유를 보냈다. 이제 그런 얄팍한 마음으로 어느 한쪽을 비난하는 마음은 없애 버리자.

가사 노동의 중요성뿐만 아니라, 여성을 가사 노동에 매어 두는 사회 구조도 한번 생각해 보고, 그래서 이 세상이, 절반인 남자와 절반인 여자가 함께 일궈 가는 텃밭이라는 생각을 하자.

우리 마음에 '미스 코리아 선발 대회'니, '남편 사랑은 여자 하기 나름'이니 하는 신데렐라가 사라질 때까지 서로 손잡고 이 길을 함께 가는 것이 어떻겠니?

최 성 수

김
형
석

(1920~)

평안남도 대동군에서 태어나 일본 상지대 철학과를 졸업했다.
1954년부터 30여 년간 연세대 철학과 교수로 재직했으며
미국 시카고 대학과 하버드 대학의 연구 교환교수로 있었고
그 후에 오스틴 대학에서 강의를 하기도 했다.
팔십대의 나이에도 젊은이 못지않은 활동성으로
책을 집필하고 강연에 몰두하고 있다.
정년퇴임 후 한우리독서문화운동본부
초대 회장을 지냈으며 현재 연세대 명예교수이다.
『현대인의 철학』『헤겔과 그의 철학』과 같은 철학 전공서와
인생의 지혜를 담아낸 『영원과 사랑의 대화』
『산다는 것의 의미』『무엇을 위해 사느냐고 물으면』
『인생이여 행복하라』와 같은 산문집을 펴냈다.

나는 사랑한다, 그러므로 나는 있다

"나는 생각한다. 고로 나는 있다."라는 데카르트의 말은 사고하는 인간을 가리킨다. "나는 반항한다. 고로 나는 존재한다."라는 말은 『이방인』을 쓴 카뮈의 말이다. 인간 존재를 왜곡된 사회 질서에 대한 반항성에서 발견했다는 뜻일 것이다. 그러나 우리는 "나는 사랑한다. 그러므로 나는 존재한다."는 말을 쓸 수 있을 것이다. 사랑은 인격적 삶의 본질을 말해 주기 때문이다. 그리고 사랑은 인간적 창조의 원천이기도 하다. 사랑이 없으면 아무것도 창조될 수가 없었을 것이다.

우리말의 '사람'이라는 뜻은 '삶'이라는 개념에서 풀려난 것이라고 한다. 그렇다면 '사람'은 곧 '사랑'과 통한다고 볼 수 있을 것 같기도 하다. 살아 있는 동안은 인간 구실을 한다. 마찬가지로 사랑하는 동안은 인간의 자격을 갖출 수 있다고 보아야 하겠다.

김 형 석

나는 여러 해 전, 한 군인이 안동 시내 어떤 극장 입구에 수류탄을 던져 여러 사람의 생명을 해친 사실을 전해 들었다. 그렇게 불행스러운 사태가 왜 벌어졌는가?

그 군인은 고아로 태어나 고아원에서 자랐다. 누구의 사랑도 받은 바가 없었고, 또 누구를 사랑해 본 일도 없었다. 이 사랑의 단절이 결국은 사회에 대한 저주와 타인에 대한 원한으로 축적되었던 것이다. 그 결과는 탈영과 이유 없는 살상으로 나타났다.

그리고 이와 비슷한 사태는 얼마든지 있을 수 있다. 그러나 그 군인은 사형을 당하기 며칠 전에 기독교인이 되었다. 그는 자신의 모든 것을 불행한 이웃에게 주고 죽지 못하는 것을 괴로워했다. 그의 유언은 "나는 마음의 눈을 뜰 수 없어 많은 사람에게 고통과 슬픔을 남겨 주고 갑니다. 그러나 내 눈을 가지는 사람은 육신의 눈도 뜨고, 마음의 눈도 뜰 수 있으니 내가 못다 한 사랑의 봉사를 대신해 달라고 부탁해 주십시오."라는 것이었다. 두 눈을 앞을 못 보는 사람에게 기증하고 죽으면서 안과 군의관에게 남긴 말이었다.

나는 그 사실을 알았을 때, 한 인간이 사랑의 줄이 끊어졌을 때에는 자신과 이웃의 비참과 죽음을 초래하나, 같은 사람이라도 사랑을 알았을 때에는 참다운 생명과 삶을 창조해 간다는 감격스러운 교훈을 확인했다.

나는 사랑한다, 그러므로 나는 있다

그것이 인생이 아니겠는가?

나의 오늘이 어떻게 있게 되었는가? 많은 사람들의 나타나지 않은 사랑에서 가능했던 것이다. 나의 내일이 어떻게 충족된 뜻을 갖게 되겠는가? 내가 참다운 사랑을 볼 수 있을 때 가능해질 수 있을 것이다. 그것은 나의 문제만이 아니다. 모든 인간에게 공통된 삶의 과제인 것이다. 사랑은 생명과 창조의 원천이기 때문이다.

요사이 로봇 인간 이야기가 많이 전해지고 있다. 나같이 재간이 없고 과학 기술이 빈곤한 사람이 로봇 인간을 만든다고 하면, 평생을 두고도 불가능할 것이다. 그러나 인간은 남녀가 서로 사랑함으로써 어린 아기들을 출산할 수가 있다. 성이란 많은 본질을 포함하는 일종의 사랑의 형태이며 행위이다. 우리가 갖는 이성 간의 그리움이나 사랑은, 그 자체가 순화될 수만 있다면 그보다 고귀한 것은 없을 것이다. 성은 인격적 결합의 사랑을 뜻하기 때문이다.

그렇게 보면 로봇 인간을 만드는 인간 자신은 누구나 창조해 낼 수 있으며, 그것은 인격적 사랑의 피조물이라고 볼 수 있을 것이다. 만일 인간이 지닐 수 있는 가장 신비롭고도 고귀한 창조가 있다면, 그것은 인간의 창조가 아닐 수 없다.

물론 우리는 다른 동물들도 생산할 수 있으며, 성욕의 결과가 잉태라는 생리적 기능과 결과를 낳는다는 것 또한 모르는 바 아니

김 형 석

다. 그러나 생각을 바꾸어, 만일 인간 모두가 이성 간의 사랑을 않는다든지 본능적 사랑이 배제된 인간으로 머물게 되었다면, 그 결과는 어떻게 되겠는가? 인간은 태어나지 못했을 수도 있으며, 지구 위의 인간은 멸종될 가능성도 없지 않다. 그렇게 생각한다면, 이성 간의 사랑은 인류가 생존을 이어 갈 수 있는 유일한 조건이라고도 볼 수 있다. 따라서 인간의 탄생만큼 위대한 창조의 능력은 없다.

이성 간의 사랑이 인격적으로 승화될 수 있다면, 그보다 더 값지고 위대한 삶의 내용은 찾을 길이 없을 것이다.

기독교 사상의 처음 체계자인 사도 바울은 믿음, 소망, 사랑, 이 셋은 항상 있을 것인데, 그 중에서 제일은 사랑이라고 말했다. 지성과 믿음과 진리가 소중하다는 것은 그 누구도 의심치 않는다. 의지와 희망과 선의 가치가 바람직스럽다는 사실도 재론의 여지가 없겠다. 그러나 그것들보다 사랑이 더 중하다는 것은 무엇을 뜻하는가? 심리학적으로 보면, 감정과 예술과 아름다움이 그로부터 주어지기 때문일 것이다. 우리 생활을 좌우하는 정서적 비중이 막중하며, 그것은 사랑에 의해 아름다움을 창조해 가기 때문이다.

사랑이 없으면, 모든 것이 추함과 미움으로 변한다. 그러나 사랑이 있으면 모든 대상과 세계는 아름다움으로 가득 차는 법이다.

내 아들딸들이 다른 어떤 어린이나 청소년보다도 귀하게 보이는 것은 사랑이 잠재해 있기 때문이다. 사랑하는 남편이 병들어 누워 있다고 하자. 옆 사람이 보면 그렇게 추해 보일 수가 없다. 사랑이 없는 사람이 보면 차라리 죽는 편이 좋겠다고 말한다. 그러나 사랑하는 아내가 보았을 때에는 모든 것이 아름답고 고귀하게 느껴진다. 사랑은 그렇게 선하고 아름다운 것을 만들어 준다.

바울이 사랑은 무엇보다도 귀하다고 말을 한 데에는 또다른 뜻이 있다. 그것은 사랑은 하느님에게서 주어지며, 그 사랑은 영원히 인류를 구원하는, 사라짐이 없는 생의 원동력이며 완성의 힘이라는 뜻이 깔려 있다. 이것은 모든 빛이 태양으로부터 오듯이, 하느님의 사랑은 인간애의 완성과 극치이며, 영원한 삶의 약속이라는 뜻이다.

그러나 우리는 우리 나름대로 사랑의 문제를 평가해 보자. 왜 우리는 사랑을 창조의 힘이라고 보는가?

여기 참과 진리를 깊이 사랑하는 학자가 있다고 하자. 다른 사람들은 참과 진리에 대한 관심도 적고, 열성도 없다. 그런데 그는 자신의 재산이나 생명보다도 참과 진리를 사랑했다. 다함이 없는 정열과, 사라짐이 없는 노력을 그 진리의 제단에 바쳐 왔다. 그 결과는 어떻게 되겠는가? 그는 위대한 과학자가 되든가, 존경받는

김 형 석

철학자가 될 수 있을 것이다. 그렇다고 해서 그가 과학자임을 자랑하거나, 철학자임을 영광스럽게 생각할 것인가? 그렇지는 않다. 그는 더 고귀한 진실과 더 유구한 참을 찾아 모든 생애와 정성을 기꺼이 바쳐 갈 것이다. 그것이 사랑의 본성이기 때문이다.

　사람들은 철학이라는 말은 지혜(sophia)에 대한 사랑(philos)에서 온 것이라고 말한다. 그대로 번역하면 '철학'이라기보다는 '지혜를 사랑하는 학문'이라고 불러야 할 것이다. 이 때의 사랑은 끝없는 애모심과 피곤을 모르는 탐구의 열정이다. 사랑하는 사람은 "이제는 됐다."라는 말을 하지 않는다. 돈을 사랑하는 사람도 얼마를 번 뒤에는 이제는 됐다고 말하지 않는다. 그것은 더 귀한 것을 사랑하게 되었다든지 돈에 대한 사랑이 끊어졌을 때 쓸 수 있는 말이다. 한 청년이 애인을 소유하고 난 뒤, "이제는 됐다."라고 중얼거렸다. 그 후 그 청년은 그 여인을 더 사랑하지 않았다. 결국 두 사람의 사랑은 파국으로 간 것이다. 그것은 참다운 사랑이었다기보다는 애욕이었던 때문이다.

　내 친구는 부인을 암으로 먼저 보냈다. 암이라는 사실을 안 후부터 죽을 때까지 모든 정성을 기울여서 사랑했다. 얼마 후 부인은 남편의 품에서 눈을 감았다. 그렇게 최선을 다한 후에도 내 친구는 언제나 후회를 남기고 있었다. "더 편하게 더 즐겁게 해 줄 수도 있었을 것 같은데……."라는 불만이었다.

사랑은 그런 것이다. 아무리 사랑하여도 부족을 느끼는 것이 사랑이다. 사랑은 완성을 찾아 미완성에 머무는 운명을 지니고 있는 것이다. 자식을 사랑하는 부모의 마음이 그렇고, 남편을 위하는 아내의 마음도 마찬가지이다.

민족과 국가를 진정으로 사랑하는 사람은 평생을 고뇌와 비통 속에서 살도록 되어 있다. 우리가 바라는 국민의 행복과 국가의 번영에는 자족이 있을 수 없기 때문이다. 그들은 모든 노력과 정성이 민족과 국가에 보탬이 되었다는 사실에는 감사할 수 있으나, 이제는 되었다는 생각은 할 수가 없다. 과거가 끝났다는 뜻에서는 되었다는 생각을 가질 수 있어도, 미래를 위할 때에는 자족이나 자부심은 남겨지지 않는다. 더 많은 것을 바치며 더 값있는 것을 주지 못한 것이 후회스러울 뿐이다.

그런 뜻에서 본다면, 사랑은 영원히 창조해 가는 원동력이 될 수 있다. 그러므로 사랑은 이기적인 수단을 쓰거나 자기 목적의 생활을 하지 않는다.

우리는 수단과 지혜를 혼동해서는 안 된다. 사랑이 없는 지혜는 수단으로 떨어지며, 어떤 수단이라도 사랑이 뒷받침하면 지혜로 변할 수 있다. 수단은 자신을 위하여 남을 이용하려는 방편이다.

그러나 지혜는 보다 선한 가치가 이루어지기 위한 방법을 가리킨다. 좋은 자녀 교육을 위해서는 부모의 지혜가 필요하다. 그 지혜는 어디서 오는가? 자녀들을 진정으로 위해 주는 사랑에서 발생한다. 내 욕심을 채우기 위해서가 아니라, 내 아들과 딸이 어떻게 고귀하고 값있는 인생을 살도록 도울 수 있을까를 계속 생각하면 성장을 돕는 지혜는 얼마든지 찾아드는 법이다.

그것은 교육자에게 있어서도 마찬가지일 것이다. 교육이 어렵다든지 학생들을 이끌어 가기 힘들다는 말을 자주 듣는다. 그러나 그것은 학생들을 진심으로 사랑하는 마음의 결핍에서 오는 넋두리가 되기 쉽다. 제자들을 진심으로 위한다면, 학생들을 선하게 이끌어 줄 가능성은 얼마든지 있으며, 그것은 사랑에서 오는 지혜인 것이다. 그리고 좋은 수단과 방법을 쓰지 않더라도, 사랑에서 오는 지혜는 모든 문제의 해결을 가져올 수가 있다.

우리가 때로는 정치적 지도자들의 위치를 걱정하는 이유도 마찬가지이다. 그들은 국민과 국가를 진정으로 위하는 지혜보다는 정권이나 정치적 목적을 위한 수단과 방편에 치우쳐, 국가의 장래를 그르치는 경우가 자주 있기 때문이다. 그리고 우리는 모든 면에서 그러한 과오를 범하지 않아야 한다.

진실한 사랑은 자기를 목적으로 삼지 않는다. 이 때 우리가 조심해야 하는 것은 자기 자신과, 자신이 지니고 있는 인생의 가치를 혼동하지 않음이다. 나의 행복이나 출세나 명예가 목적일 수는 없어도, 내가 지니고 있는 진실이나 삶의 가치는 지킬 수 있으며, 때로는 그 자체가 목적일 수도 있다.

많은 사람들이 진실이 아닌 것을 진실로 두둔하며, 선(善)이 못되는 것을 선으로 주장할 때, 우리는 과감히 자신을 갖고 이에 대항하게 된다. 그것은 나의 이기적 목적을 위해서가 아니다. 진실과 선을 위한, 자신의 고통과 희생까지도 돌보지 않는, 가치에의 사랑에서 오는 충정인 것이다.

물론 자신보다 더 귀한 것은 없다. 온 천하를 주고도 바꿀 수 없는 것이 자신의 생명과 인격이다. 그러나 그 자신을 바칠 수 있다면 그보다 더 귀한 삶이 어디 있겠는가? 그것은 양초가 빛을 위해 불타야 하며, 한 알의 밀이 썩어서 열매를 맺는 것과 같은 삶의 결론이 될 것이다.

생각해 보면, 인간은 자신이 목적이어서 살 때에는 참다운 삶을 갖지 못한다. 자신보다 더 영원하고 고귀한 것을 사랑하며 그 사명에서 사는 삶이, 진실로 뜻있는 삶을 살도록 되어 있다. 우리는 "신앙은 사명이다."라는 말을 어렵지 않게 깨달을 수 있다. 종교적 신앙은 언제나 고귀한 사명을 위해 자신을 바치려는 일로 시작되기 때문이다.

　사랑의 극치는 바로 이런 것이라고 생각지 않을 수 없다. 그렇다고 해서 우리의 일상 생활과, 길거리에서 대하는 사람들에게는 소홀히 해도 된다는 뜻은 아니다. 우리가 할 수 있는 사랑과 사랑의 열매는 최후의 목적에 있는 것이 아니다. 하루의 삶 속에서 발견되어야 한다. 한 시간 한 시간을 사랑 속에 살며, 한 사람 한 사람을 깊은 사랑으로 대해 가는 것이 값있는 삶인 것이다.

　우리는 사랑을 통해 보다 많은 사랑의 교훈을 배우고 실천해야 하겠다.

나는 사랑한다. 그러므로 나는 있다

윤명혜

(1948~)

서울사대 영어교육과를 졸업했다.
1971년 스물세 살의 나이로 『여성동아』에 장편소설 「난파선」이
당선되어 심사위원들을 놀라게 했다.
직장에 나가는 남편과 아들 둘을 뒷바라지하며 부엌 모퉁이
책상머리에서 원고지를 메우는 것으로 알려져 있다.
다작을 하지 않는 작가이지만 사리분별이 정확하고 문체가
시원하며 슬픈 사연도 웃음이 비어져 나오게 할 만큼 해학으로
푸는 데 뛰어나 고정된 열성 독자들을 보유하고 있다.
방황하는 지식인 여성의 의식을 집요하게 추적한 『문 밖에 서서』,
자전적인 성장소설 『여자가 여자에게』 말고도
『우리들의 비가(悲歌)』『도둑의 아내』『활 쏘는 여자』가 있다.

"엄마가 최초의 여자 아니니?"

— 사춘기 소년들에게 보내는 한 어머니의 편지

성 범죄가 기승을 부리는 세상이다. 성 범죄 또한 범죄의 일종이지만, 그것이 유난히 추악한 까닭은 아름답고 귀한 것을 범죄의 대상 그리고 도구로 삼기 때문이 아닐까?

나는 남자의 성이건 여자의 성이건 지극히 귀하고 아름다운 것이라고 여긴다. 그러므로 성을 죄악시하거나 추하게 여기는 것은 우리 모두의 존재를 부정하는 일이라고 생각한다. 그러기에 성을 추악한 범죄로 타락시키는 사람은 이중 삼중의 죄를 짓는 것이다. 상대방에게 짓는 죄, 자기 자신에게 짓는 죄, 그리고 불특정한 수많은 남들에게 짓는 죄.

성 범죄 사건이 보도될 때마다 여자들은 자기들의 성에 대해 피해의식을 보태게 된다. 그리고 남자들은 거개가 자기들의 성에 대하여 당혹감과 자괴심을 느끼지 않을까? 성 범죄는 인간성 말살의

윤 명 혜

악성을 품고 있는 범죄이므로, 기실 남녀 모두가 피해자인 것이다. 곧 '그들'의 일이 아니라 '우리'의 일이기도 하다. 나는 아들만 두었고 또 늙어 가는 여자이니, 얼핏 보아 일차적인 피해 대상에서 벗어나 있는 듯하지만, 그것을 '우리'의 일로 친다.

사춘기의 고비를 무사히 넘기고, 이제 사뭇 어른처럼 나를 쳐다보는 큰아들, 지금 분명히 사춘기의 갈등을 겪고 있으련만 어지간한 일은 아닌 체하고 체면 치레하는 작은아들, 나의 생명으로 연결된 소중한 남자들인 내 아들 둘에게 나는 상당히 심각하게 말한다. 이 세태가 강 건너 불이 아니고, 우리 일이라고. 너희가 더불어 세상의 행복과 불행을 나눌 사람들이 어찌 한둘이랴만, 가장 중요한 것은 그들이 아직은 미지의 존재인 어떤 집안의 딸들이고, 나는 못 두었지만 너희들은 나중에 딸을 둘지도 모른다고. 그리고 지금은 늙었지만, 에미도 옛날에는 젊은 여자였고, 또 그 전에는 여자아이였다고. 이 글은 그 내 아들 둘에게 하고 싶은 말을 정리한 것이다. 더불어 아들 둔 세상의 많은 어머니들, 그리고 내 아들 또래 소년들도 함께 읽었으면 한다.

"전 늙은 남자 싫어요."

내가 처음으로 남자의 성을 혐오하게 된 것은 열두 살 때였다.

광화문통에 살던 나는 일요일마다 자하문 밖이나 삼청동 계곡에 그림을 그리러 잘 갔는데, 어느 날 맑은 물에 발 담그고 겨우 밑그림을 완성할 때쯤에 동네 '아저씨' 서너 명이 미역감으러 왔다. 분명히 아버지뻘은 되는 사람들이었다. 자기들 목욕하게 나더러 가라고 하더구나. 그림 아직 안 끝났다고 난색을 지었더니, 그 중 한 명이 대뜸 바지를 벗어 젖혔다. 기절초풍하여 달아나느라고 크레파스도 제대로 못 챙겼는데, 그들은 어찌 그리 통쾌하게 웃던지…….

너희들 초등학교 다닐 때에 내가 그 얘기는 했다. 그 때에 큰애가 신통한 제안을 한 것도 기억난다. 이왕이면 그 아저씨 빨가벗은 꼴까지 그려 넣지 그랬냐고. 너희는 남자애들이라서 어른의 주책 없음을 어이없어할망정 다른 종류의 분노는 없다는 것을 그제야 깨달았다. 그래서 반문하였다. 처지를 바꾸어서 너희가 그림을 그리는데, 어떤 '아줌마'들이 치마를 홀딱 벗는다면 어떡하겠느냐고. 아마 그 날부터 모든 여자들을 징그러워하게 되었겠지?

내가 그랬다. 그 때까지는 남자애들과 잘 놀다가 치고받고 싸우기도 하고, 금방 잊어버리고 다시 같이 노는 아이들 세계의 갈등은 있었을망정, 남자들에게 징그러움을 느끼거나 피해 의식을 느끼지는 않았는데 말이다.

공격은 최상의 방어라고 하지. 사춘기를 거쳐 어른이 되기까지의 긴 여학생 시절에 버스 칸과 길거리 같은 데서 여자아이들이 자질구레하게 모욕감을 느끼는 적이 얼마나 많은지 아니? 나도 예외는 아니었다. 이래저래 나는 남자들에게 아주 공격적인 여자로 성장하였다. 특히 어른 남자들은 철저히 의심하였다. 여고생이 그저 귀여워서 그랬는지, 엉큼한 생각에서 그랬는지, 또는 그 둘이 뒤섞여서 저 자신도 몰랐는지 추근추근 말을 거는 '아저씨'들에게, 점잖게 응수하고 피해도 그만이련만, 나는 그러지 않았다. 특히 그런 '아저씨'를 물끄러미 바라보다가 "전 늙은 남자 싫어요." 라고 아주 기묘한 대답을 내던진 건 최고의 해프닝이었다. 정말 그 무렵의 내게 어른 남자처럼 징그러운 존재는 다시 없었다.

그렇지만 나 또한 어른이 되었다. 그리고 나 또래의 남자애들도 어른이 되었다. 여전히 애들처럼 놀기는 하였으나, 내 동년배 남자들이 어른임을 잘 알고 있었고, 그럼에도 불구하고 그들이 조금씩 예뻐 보인 것은 썩 다행스러운 변화였다. 남자들에 대한 한 가닥 편견을 깨끗이 없애 준 것은 대학 시절에 과 친구로, 클럽 친구로, 또는 친구의 친구로 만나게 된 또래의 남자들이었다. 그리고 끝으로 가장 중요한 만남은 너희들 아버지와의 만남이었다.

나 개인의 남자에 대한 이해나 오해의 갈등은 그래서 그런 대로

"엄마가 최초의 여자 아니니?"

순탄하게 마무리가 되어 갔는데—뒤이어 태어난 너희들까지 포함하여 내 인생과 직결된 남자들은 설사 나와 갈등이 있었다 해도 사람과 사람 사이의 갈등이었지, 남자와 여자를 적대적인 관계로 몰아넣는 갈등은 결코 일으키지 않았다. 오히려 서로 성이 다른 것이 자칫 빡빡해지기 쉬운 인간 관계를 좀더 편안하게 만들어 주는 조건이 되었다—성의 문제가 절망적으로 느껴진 것은 오로지 남학교 선생 노릇을 10년 넘게 하는 동안이었다. 국립 사범대를 졸업했으니 공립 중학교 여러 군데에 근무하였는데, 공교롭게도 거의 남자 학교였다. 바로 지금의 너희들 또래가 성인인 여교사에게 무슨 남자냐고? 그 또래는 남자의 시작인 사춘기이고, 가정에서 그 나름대로 보고 배운 성에 관한 지식 또는 편견도 자리잡게 되는 나이 아니냐? 게다가 평준화된 뒤의 중학교의 학생 수준 분포도는 그대로 정확하게 일반 사회 사람들의 수준 분포도와 꼭같았다.

내가 펼친 '김빼기 작전'

수업 시간에 내 치마 밑에 손거울을 비춰 보려던 2학년짜리가 최초의 충격이었다. 절대로 학생들에게 손을 대지 않겠다고 마음 먹었던 내가 매를 든 계기이기도 하였다. 아무리 스물네 살이라도 그 아이들에게 선생은 부모와 동격이지, 여자도 남자도 아닌 존재라고 생각했기 때문이다. 그리고 반성하였다. 성적인 호기심을 잘못 다스리면 나중에 그 아이가 어떻게 될까? 사춘기의 아이들은 남자나 여자나 제 심신의 성장으로 괴로워하고, 더러는 그 스트레스를 해소하기라도 하려는 듯이 부적응 증세를 보이는데, 바로 그 고비에 어떤 부모, 어떤 선생, 어떤 친구들을 만나느냐에 따라 미래에 어떤 모습으로 자랄지가 결정되는 게 아닐까? 아무리 비뚤어진 자극을 많이 받는다고 하더라도, 그걸 걸러 줄 수 있는 보호막은 가장 가까운 인간 관계에서 형성되는 것이 아닐까?

실수는 한 번으로 끝냈다. 그 다음부터는 해마다 새로 들어와서 갖가지 유형으로 새록새록 난처한 짓을 하는 소년들에게 분개하지 않았다. 나중에 커서 대형 사고 일으키는 것보다는 초보 운전 때에 경미한 접촉 사고로 때우는 편이 낫지 않겠는가? 나는 철저히 '김빼기 작전'으로 대응하였다.

김 서린 유리창마다 발가벗은 여자를 그려 놓는 녀석도 있었다.

"누구 작품이야?"

밋밋한 음성으로……. 아이들은 숨죽이고.

"그 여자 글래머네, 너네 어머니셔?"

화가의 얼굴이 새빨개졌다. 나는 결코 조롱하는 게 아니었다.

"엄마가 최초의 여자 아니니?"

"너희나 나나 엄마 젖 먹고 자랐으니까, 엄마가 최초의 여자 아니니?"

그런 식이었다. 처녀 선생이니, 내 아들 어쩌고 할 계제는 못 되고, 우리 어머니라도 동원할 수밖에.

1학년 담임을 하면 학년 초에 상담실 비치용 카드를 나누어 주게 된다. 그런데 이게 남녀 공용이라 한쪽 구석에 '멘스튜레이션', 곧 '월경' 난이 있었다. 그 칸을 쓰지 말라고만 간단히 말하고 넘어갔더니, 웃을 수도 울 수도 없는 일이 일어났다. 종례 시간에 담임의 말을 귀담아듣지 않는 아이가 반쯤은 되고, 그 중 집안에 꼬부랑 글씨 아는 사람이 전무한 아이가 또 반쯤 되고 그랬으니 일이 벌어졌다. 남자 애들의 특징 하나가 뭔지 모르는 칸은 아무렇게나 채우는 것이다.

'초조 연령' 난에 '12년 3개월'(연령이 나이인 줄 아니까 무조건 제 나이 적는 거다)이라고 적지를 않나, '기간' 난에 '1일'부터 '2일', '3일'들이 다 나온다. '통증'의 정도를 묻는 난에도 '있다', '없다'가 골고루 나온다. 그런 꼬락서니의 카드가 분명히 열 장쯤은 나온다. 모르는 게 죄지, 망신 줄 거야 있겠니? 그 다음 해부터는 분명히 얘기하였다.

"왜 쓸데없이 영어 쓰고 난리인지 모르겠다. 이건 여자 생리니

윤 명 혜

까 너희하곤 상관 없는 칸이다."

아무리 불학무식하여도 그렇게만 말하면 아이들은 알아듣는다. 웃는 애도 없다. 자연스러운 얘기니까 자연스럽게 들을 수 있다.

한마디로, 가정에서건 학교에서건 아무런 성 교육이 없는 채로 아이들은 그저 자라고 있는 것이었다. 그러니 그들의 성교육 교과서는 영화 간판이나 음란 서적이 될 수밖에…….

도둑질 안 하고, 패싸움만 안 하면?

몇 해 지나서, 드디어 학교 교실에 외설 만화가 등장하였다. 더욱 맹랑한 것은 책을 구해 온 아이가 친구들에게 돈을 받고 빌려주는 거였다. 책값의 몇 곱절을 뽑아 낸 기막힌 장사꾼이었다. 아이들 마음에, 곁에 있으면 어찌 안 볼 수 있을까? 외설 만화를 보았다는 것보다 그 장사 행위에 더 기가 질렸는데, 한층 더 기막힌 일은 교육 정도로 보나 경제 사정으로 보나 사회의 중상층에 들만한 그 어머니가 보인 태도였다. 조용히 상담하려 했더니, 자기 아들이 도대체 무얼 그리 잘못했느냐며 당당하였다. 믿어지지 않는 일이었다. 뭐라더라, 남자가 그럴 수도 있다나?

그랬다. 정말 문제가 되는 아이의 뒤에는 언제나 문제 부모가 있었다. 그건 그 부모의 교육 정도와도 무관한 일이었다. 잘사는

지 못사는지와도 그다지 관계 없는 일이었다. 애 자란 게 어른이라는 말도 있고, 어른 하는 대로 보고 배운다는 말도 있지 않니?

너희들을 키우면서 나는 이전에 학교에 있었다는 사실에 새삼 감사한다. 낮 시간의 대부분을 너희가 어떤 생활을 하고 있는지 짐작하기 쉽고, 나이에 따라 어떻게 변화하는지 대처하기 쉬우니 분명히 운이 좋은 편이다. 이른 나이 때부터 온갖 학부모들을 다 보았고, 그 다음에는 내 친구들이나 너희들의 친구 어머니들도 내가 미처 생각하지 못했던 안목을 키워 주었다. 그러나 다만 하나, 내가 정말 이해할 수 없는 것은 아들 가진 부모와 딸 가진 부모의 차이이다.

학교 성적을 가지고 아이들을 들볶는 것은 아들 가진 부모 편이 더 심하더라. 그걸 교육열이라고 하는 모양인데, 되지도 않을 주문을 꿈도 야무지게 아들에게 쏟아부으니 분명히 스트레스를 더 받는 건 아들애들이다. 그런데 얄궂은 것은 그 교육열이 생활 교육이란 면에서는 딸에게 신경 쓰는 것보다 한참 모자란다는 점이다. 모자란 게 아니라, 기준이 관대하다고 보아도 좋겠다. 도둑질만 안 하고 패쌈만 안 한다면 남자애들 행실은 걱정할 것 없다고들 치는 모양이다. 몇 집 건너 하나씩 있는 오락실을 들여다보면 소복하게 남학생들만 들어앉아 있는 게 조금 이상하지 않니? 남자

아이건 여자아이건 공부하는 능력이나 노는 능력이나 비슷할 텐데, 남자아이들은 공부 때문에 스트레스를 더 받는 대신에 생활의 통제는 덜 받는 게 아닐까? 하기야 공부 못해서 겪는 수모감이 더하면 탈선할 여지도 더 많겠지. 공부가 적성에 맞는 아이는 실상 그렇게 많은 게 아니다. 그리고 탈선할 가능성은 누구에게나 있는 것이고.

'남자가······', '사나이라면······'

딸 가진 부모들은 세상이 하도 험하니까, 딸들 단속하느라고 신경을 곤두세운다. 그것도 정상은 아니다. 안 그럴 수 있는 세상이었으면 얼마나 좋겠냐? 그렇지만 세상이 험하다면 아들애들에게도 험한 거다. 피해자가 될 가능성이 적으니까 방심한다고? 그러나 세상이 험하다면 가해자가 될 가능성 또한 많은 거다. 적어도 그 쪽으로 향하는 첫발을 내디딜 가능성이.

어려서부터도 남에게 맞고 들어오면 병신이니 등신이니 하고 분개하지만, 남을 때리고 들어오면 그다지 신경을 쓰지 않는 사람들이 꽤 있다. 진단서 끊어서 고소당할 지경에까지 이르면 그제야 허둥지둥하지. 그 이전의 단계까지는 "남자가 그럴 수도 있다."고 넘어가다가.

"엄마가 최초의 여자 아니니?"

여자가 해서 안 되는 일치고 남자가 해서 되는 일은 거의 없다. 혼자 사는 세상이 아니니까, 사회가 복잡해질수록 규칙도 많고 스트레스도 많지만, 그게 어느 한쪽에게만 적용되는 것은 아니다. 마찬가지로 남자는 해야 하는 일인데, 여자는 안 해도 되는 일도 거의 없다. 또 여자가 할 수 있는 일을 남자가 못 하는 것도 아이 낳는 일 말고는 무엇이 더 있겠느냐?

생각나니? 너희들 어렸을 때부터 나는 '남자가……'로 시작되는 세상의 미신으로 너희가 까닭 없는 모욕을 받는 것을 극도로 싫어하지 않았니? 어린애가 벌레를 징그러워한다고 "무슨 남자가 벌레 하나 못 잡니?" 하는 집안 어른에게 내가 "어머, 남자가 벌레 잡으려고 태어난 건가요?"라고 말한 적이 있었지. 어찌 벌레뿐이겠느냐? 남자는 출세하려고 태어난 것도 아니고, 제사상 앞의 대를 이으려고 태어난 것도 아니다. 세상의 모든 '남자가……'로 시작되는 말 중에서 '사람이……'로 바꾸어도 똑같은 의미인 말만 수긍하고 받아들여라. 그러나 주어를 바꾸어서 말이 안 되는 것이라면 일소(一笑)에 부쳐라.

"사람이 자기 일에 최선을 다해야지, 무서운 게 없는 사람이 사람이냐? 무서운데도 불구하고 극복하는 것이 사람의 용기이지."

"타인을 존중할 줄 알아야 사람이지. 안 그러면 사람 껍데기지,

윤 명 혜

사람이냐?"

　이런 말들 어디 틀린 데 있니? 사람으로 완성된 — 적어도 그 도
상에 있는 — 남자의 고유 특성을 무엇 하나 제한하는 거 있니? 만
약 인간성과 상치되는 어떤 부문의 남성성이 있다면, 그건 인간인
남자가 지닐 것은 아니다. 마찬가지로 여자에게 적용해도 하나 틀
릴 것 없는 주문뿐이다. 내가 딸을 가졌다 할지라도, 딸에게 기대
할 것은 더도 덜도 없다.

　막 배달된 신문의 영화 광고가 눈에 뜨인다. 무슨 '사나이'들의
영화인가 보다. 광고 문구 뽑아 놓은 것을 새삼스레 물끄러미 본다.

"네가 사나이라면 쏘아라."

"사나이라면 죽어라."

　…….

그런 남자는 누가 기르나?

　나는 결코 사나이 혐오증에 걸린 사람이 아니다. 오히려 그 반
대이다. 여자와 공통된 그 인간성으로도 관심이 있거니와, 여자들
과 다른 면모 또한 흥미롭다.

　다시 옛날의 학생들 얘기를 좀 하자. 우리 반에서 가장 작고 꼬
질꼬질하니 때도 잘 안 씻는 녀석이 매일 아침마다 지각을 하지

"엄마가 최초의 여자 아니니?"

않았겠니? 습관성 게으름인 줄 알았다. 야단쳐도 소용없고, 타일러도 효과가 없었다. 나는 참 무서운 선생이라, 별명이 마귀할멈이었는데도.

우연히 둘러둘러 간접적으로 사정을 알고 보니, 아침마다 등굣길에 어떤 여학생 얼굴 한번 보려면 꼭 그 시간에 나올 수밖에 없었던 거였다. 그 때에는 교통난 해소책으로 남학교와 여학교의 등교 시간에 30분 시차가 있었거든. 날마다 마귀할멈한테 혼날 것을 무릅쓴 그 용기여!

그걸 아는 체할 까닭이 있겠니? 조장할 것도 없고 금지할 것도 없는 자연 그대로의 현상인데, 하물며 어찌 조롱을 하겠니? 그제야 생각이 미쳤는데, 그 애가 매일 지각으로 기록되는 건 번호가 1번인 탓이었어. 출석은 앞에서부터 부르는데, 그 아이는 아무리 결사적으로 달려와도 중간쯤 부를 때에 들어왔거든. 생각해 보니 참 불공평한 일이더구나. 내가 너무 무신경한 거였고. 그 다음부터는 마지막 번호 부를 때까지 들어온 학생은 지각이 아닌 것으로 치고, 더 무어라 말하지 않았단다.

그 애가 언제부터 일찍 오게 되었는지는 기억나지 않는다. 방학 지나고 자라 버려서 관심사가 슬그머니 바뀌었는지, 날마다 야단을 맞는 모험이 아니라서 스릴이 없어졌는지……. 어느 한쪽이건

윤 명 혜

가능한 추정이다. 사춘기의 파도는 그렇게 왔다가 스러지고, 그 다음 파도가 또 오고……. 그래서 모래밭이 아름다운 거 아니겠느냐? 그 파도에 무슨 잘못이 있겠니? 해변에 쓰레기를 내던지고 가는 행락객들에게나 문제가 있지.

여행 좋아하는 에미 때문에 어려서부터 많이 다녔으니 잘 알겠구나. 쓰레기가 어지간히 많지? 어찌 쓰레기뿐이냐? 아무 데서나 차 세워 놓고 오줌 누는 사람들은 또 좀 많니? 우리 집의 유일한 여자인 나는 그런 장면을 외면하고 말아 버리지만, 한번은 세 남자들마저도 기가 막혀 웃지 않았느냐? 아버지와 아들로 보이는 어른 남자와 애 남자가 길가에 나란히 서서 수도꼭지 틀어 놓고 있는 광경. 참 언어도단이었다. 영락없이 '부자유친'의 망동인데, 내가 분개한 것은 차 안에 앉아 있는 그 아내이자 어머니인 듯한 여자의 무신경함이었다. 그 밥에 그 나물이라는 비아냥도 절로 나왔다.

바꾸어 생각해 보아라. 아무리 사정이 급한들 내가 백주 대로변에 치마 걷고 앉아서 자연의 욕구를 해소하고 있다면, 너희들이건 너희들의 아버지건 혼비백산하지 않겠니? 그러니까 내가 이렇게 길게 남자들의 행동 양식에 대해 늘어놓는 것은 꼭 남자들을 우범자로 보아서가 아니다. 남자들을 도대체 누가 기르니? 그들의 어머니 아니냐? 분명히 여자들의 책임 몫이 있단다.

"엄마가 최초의 여자 아니니?"

참 이상한 세상이다. 사진관마다 돌 사진이나 백일 사진으로 발가벗은 사내애들의 육체미를 자랑하는 사진이 걸려 있다. 어떤 '무식한' 부모도 딸 자식의 사진을 그 모양으로 찍지는 않는다. 그런데 또 이상하다. 어른이 되면 형편이 바뀌어서 여자 나체 사진만 범람한다.

그 현상만 너희가 설명해 볼래?

난 이상한 점만 찾아낼 테니, 너희들 머리로 궁리해 낸 대답을 듣고 싶구나.

윤 명 혜

장
기
표

(1945~)

경상남도 김해에서 태어나 마산공업고등학교와 서울대
법학과를 졸업했다. 1970년 전태일의 죽음을 계기로 민주화
운동을 본격적으로 시작했으며 '서울대생 내란 음모 사건'으로
복역하는 등 대표적인 '학생 운동권' 출신의 정치인이다.
1980년대 재야 민주 세력을 주도하면서 민중당을 만들어
민중이 우선이라는 민중주의를 기치로 나섰지만,
1992년 총선에서 패배하고 난 뒤에는 '마지막 재야'로 불리며
고군분투해 온 한국 민주화 운동의 상징적인 인물이다.
장기표는 파란 많은 이력과 달리 낙천적인 성격으로 끊임없이
수배와 구속, 실패와 도전을 반복하는 파란 속에서도
사회 변화의 새로운 방향과 과제를 제시했다. 장기표는 특히
사랑을 강조하였다. "사랑이 넘칠 때만 가장 인간적일 수 있고
가장 인간적인 것이 가장 진보적인 것이다."라는 말을 통해
장기표가 인간에 대한 사랑으로 자신의 정치적 신념을
실천하고자 노력해 왔음을 짐작할 수 있다.
이 글 「사랑의 원리」는 부부 사랑을 소재로 하여 사랑을 기술한,
같은 제목의 책 『사랑의 원리』에 실려 있다. 이 밖의 저서로는
『사랑의 정치를 위한 나의 구상』
『국가위기 극복을 위한 구국선언』『대통령 대 국민』
『한국 경제 이래야 산다』가 있다.

사랑의 원리

선옥아! 지금까지 살아온 네 인생살이의 경험에 비추어 사랑이란 무엇이며, 또 참된 사랑은 어떠해야 한다고 생각하니? 이것에 대해서는 네 나름대로의 가치 판단이 서 있으리라고 믿는다. 내 생각으로는, 사랑이란 '타인을 좋아하여 그를 위해 노력하고 싶은 마음, 또 이러한 마음에서 노력하는 행위'라고 정의를 내리고 싶다. 물론 여기에서 타인이란, 사람 이외의 다른 사물도 될 수 있으며, 더불어 자기 자신도 사랑의 대상으로 객체화될 수 있겠지.

내가 사랑의 정의를 이렇게 내리는 것은, 이 정의에 위배되는 경우는 사랑이 아니라는 것을 말하려는 것이며, 무엇보다도 사랑의 개념을 맨 먼저 주목하는 이유는 '사랑이 아닌 것이 사랑이란 이름으로 행해질 때' 엄청난 죄악을 가져올 수 있다는 현실적 우려 때문이다.

장 기 표

사랑은 타인을 좋아하는 것이다

먼저 참사랑이란 '타인을 가슴 깊은 곳에서부터 좋아하는 것'이어야 한다. 따라서 타인을 좋아하지도 않으면서 타인에게 무엇을 베푼다는 것은 엄격한 의미에서의 사랑은 아니다. 예를 들면, 거지에게 동냥을 주는 것, 불우 이웃 돕기 성금을 내는 것은 대개의 경우 사랑이라고 볼 수 없다.

사실상 정말로 거지를 사랑하고 불행한 이웃을 사랑한다면, 그 정도의 동냥이나 성금을 내는 것으로 자기 할 일이 끝났다고 생각해서야 되겠느냐? 이런 경우는 상대방을 좋아하는 마음이 없기 때문에 사랑이 될 수 없는 것이다. 좋아한다는 것은 상대방에 대한 존경심이 어느 정도라도 있어야 하는데, 자선이나 불우 이웃 돕기의 경우, 상대방을 존경하는 마음은커녕 상대방을 경멸하는 마음을 가지기가 일쑤이니, 상대방을 경멸하는 마음을 가지고서야 어찌 그를 사랑한다고 말할 수 있겠느냐? 이런 경우의 '자선' 행위는 사랑의 이름으로 불리고 있으나, 사실은 사랑과는 정반대로 자기를 과시하고 싶은 욕구의 표현인 경우가 대부분이다.

이런 점에 비추어 "상대방을 좋아한다는 것은 그가 지닌 가치와 인간적 존엄을 인정하는 것이며, 따라서 상대방을 존경 내지는 흠모하는 마음에서 비로소 생겨난다."라고 오빠는 말하고 싶다. 이런 마음이 없이 자기 기분이 내키는 대로 타인을 위해하는 행위는 사랑이라고 말할 수 없다. 왜 이렇게 사랑의 개념을 계속해서 강조하는가 하면, 바로 이 좋아하고 존경하는 마음이 없이 행해지는 자선 행위가 '사랑이라는 이름으로' 행해질 때에는 사랑이 발휘하는 고유한 힘이 질식당함으로써 참사랑을 왜곡시킬 수 있기 때문이다. 사실 '자선의 이름으로 행해지는 자기 과시의 욕구로서의 거짓된 사랑'은 참사랑을 가장 비열한 방법으로 모독하는 행위일 수도 있다. 참되지 못한 사랑을 사랑으로 착각하는 죄를 범하지 않기 위해서 분명히 기억해야 할 것은, "사랑은 사랑하는 사람이 사랑을 통해서 사랑하는 대상과의 통일성을 획득함으로써 마음의 평화, 즉 자유와 행복을 얻는다."는 사실이다.

물론 상대방을 속으로는 경멸하는 사이비 사랑의 경우에도 자선을 베푸는 사람은 기쁨을 누릴 수도 있다. 그러나 이 기쁨 역시 자기 만족적이며 찰나적인 것에 불과하다. 상대방과의 인간적 통일성을 이루지 못하는 그런 사랑의 경우, 진정한 의미에서의 기쁨, 즉 마음의 평화에서 오는 자유와 행복은 얻을 수가 없다. 이처럼 상대방을 존경하는 마음이 없이 사랑과 자선을 베풂은 일종의 사디즘으로서, 결코 참사랑일 수가 없다. 또 그런 사랑이 주는 기쁨은 오래 지속될 수 없기에 곧이어 허탈로 나타난다. 설사 일시

장 기 표

적인 흥분 상태의 기쁨은 얻을 수 있다 하더라도, 마음의 참평화에는 이르지 못하며, 반드시 그 결과로 불안과 초조가 나타난다.

그런데 인간사는 간단하지 않아서 그런 자선 행위 속에도 사랑으로 간주될 수 있는 부분이 있으며, 그것조차 하지 않는 것보다는 나은 경우도 많다. 또 이런 불완전한 사랑을 통해서 보다 완전한 사랑으로 나아가기도 하기 때문에, 그것을 무조건 죄악으로 치부할 일은 못 된다. 그럼에도 불구하고 대개의 경우 "사이비 사랑은 죄악으로 연결된다."는 점을 간과해서는 안 될 것이다. 이는 오갈 곳 없는 사람들을 모아 갱생의 길을 열어 준다는 허울 좋은 자선 사업의 명목으로, 불쌍한 사람들을 인간 이하의 동물로 전락시킨 '형제 복지원 사건'의 실례를 통해 충분히 입증되었다고 본다.

사랑은 타인을 위하는 마음이다

다음으로, 앞서 내린 내 사랑의 정의 가운데에는 '타인을 위해'라는 말이 들어 있었음을 주목하자. 즉 사랑은 자기를 위하는 마음 이전에 타인을 위하는 마음이 있어야 한다. 가령 아름다운 사람과 좋은 물건을 보고 탐을 내는 것은 사랑이 아니라고 말할 수

---

* 1987년 당시 전국 최대의 부랑아 수용시설로 알려졌으나, 복지원 측의 구타와 불법 감금, 강제 노역 등으로 원생 한 명이 숨지고 35명이 탈출한 사건이 있었다.

있다. 그 경우는 단순히 이기적 소유욕에 불과할 뿐이다. 자기의 이기적 욕망을 충족시키기 위해 상대방을 소유하고 싶은 것이지, 상대방을 위해 자기가 헌신하는 것은 아니기 때문이다. 오히려 소유욕은 사랑의 정반대라고 해야 합당할 것이다. 소유욕은 상대방의 인격이나 존재 가치를 일방적으로 자신에게 종속시키는 것으로 귀결되기 때문이다. 분명 사랑은 대등한 인격체들 상호간의 하나 되는 통일성을 의미하는데, 소유의 경우 종속 관계를 기초로 하기에 사랑과는 거리가 멀다.

그런데도 오늘날 대부분의 사람들이 자기 소유욕을 사랑으로 인식하고 있는데, 이것은 정말이지 엄청나게 잘못된 생각이다. 또 사랑이란 참으로 미묘한 것이어서 상대방과의 합일이 소유의 모습으로 나타나 보일 때가 있어서 소유와 사랑을 구분하기 힘든 경우가 있지만, 그 둘을 혼동하면 안 된다. 이 점에 비추어 볼 때, 나는 요즈음 젊은 사람들이 사랑을 표현하는 방법에 큰 위험이 도사리고 있다고 생각한다. 즉 사랑하는 사람들 사이에 "난 네 거야." 혹은 "너를 가지고 싶다." 등의 말이 서슴없이 오가는데, 사랑을 그렇게 소유적인 표현법으로 고백하다가는 자칫 인격적 주체들 상호간의 능동적 합일이어야 할 사랑이 소유의 종속 관계로 전락할 수도 있지 않겠니? 물론 사랑을 표현하는 방법이 시대의 변천에 따라 변하는 것은 불가피한 일이고, 모든 사랑 고백의 표현들에는 사랑하는 사람들끼리만 통하는 절박한 진실이 깃들어 있음을 부인하는 것은 아니지만.

사랑은 자기 실현이다

이제까지 나는 사랑은 '타인을 위한' 마음이나 노력이라는 점에 비추어 사랑을 이야기했는데, 이것만으로 사랑을 충분히 정의내릴 수 있다고는 생각지 않는다. 즉 올바르게 균형이 잡힌 사랑은 타인을 위한 마음이나 노력인 동시에, 자기를 위하는 마음 역시 결여되어서는 안 되는 바, 참사랑은 '참된 자기 실현'으로까지 연결된다. 여기에서 자기 실현이란 철학적인 의미를 내포하고 있으니, 자기의 인생관과 세계관, 가치관에 따른 자기 신념과 이상을 실현하는 데에까지 이르는 사랑이야말로 진정한 자기 해방, 자유, 행복의 근본적 토대가 되는 것이란다.

즉 '참사랑은 전적으로 타인을 위한 것'이라는 사실만이 일방적으로 강조되는 경우, 그런 사랑은 자기 굴종적 노예의 생활 태도가 될 수 있으며, 이 때의 사랑이란 지배, 억압, 혹사, 착취의 불의한 현실 구조를 합리화하는 수단으로 전락될 수도 있단다. 사실지금까지 사랑이란 미명하에 복종과 희생을 강요해 온 역사적 실례들이 얼마나 많았니? 인간 불평등을 조장하는 지배와 복종의 관계에서 보면, 사랑이라는 것이 지배자의 통치 논리를 교묘하게 은폐하기 위한 위장 술책인 경우가 대부분이었단다. 바로 여성들이 살아온 삶이 그러하지 않니? 여성을 마치 사랑의 화신처럼 미화시켜 놓고, 사랑하는 남편과 자식을 위해서는 모든 것을 참고 희생해야 한다고 가르쳐 왔지.

따라서 참사랑이란 것이 도대체 자기를 위한 것이냐, 아니면 타인을 위한 것이냐 하는 문제는 쉽게 결론이 날 성질의 문제가 아니란다. 사랑을 하는 사람이 자기를 위해서라는 생각 없이 타인을 위해서 사랑했다고 해도, 그것이 결과적으로는 자기 자신을 인간답게 실현하는 것으로 귀결되며, 자기 해방, 자유, 행복을 가져다준다는 점에 바로 '사랑의 힘'이 지니는 엄청난 마력이 도사리고 있는 것이야.

선옥아! 언젠가 내가 네게 '사랑은 타인을 위해 자기를 희생하는 것'이라고 이야기한 적이 있었지? 물론 참사랑에는 이런 심리적 요소가 없는 것은 아니지만, 결과적으로는 참사랑은 타인을 위한 것이라기보다 자기를 위한 것이라고 말할 수 있을 거야. 즉 우리 사람은 일방적으로 타인만을 위해서가 아니라, 바로 자기 자신을 위해서도 타인을 사랑해야 하는 것이라고 볼 수도 있단다.

이 점은 인간 심리의 측면에 비추어 보아서도 대단히 설득력 있는 해석이지. 사실 한 사람이 먼저 자기를 사랑할 수 없다면, 또한 그는 남을 사랑할 수 없단다. 자기에게 내재되어 있는, 사랑받을 만한 요소와 자격을 인정하지 않게 되면, 남에게 있는 사랑받을 만한 요소와 자격 역시 인정할 수 없기 때문이지. 그렇기에 성경에서도 "네 이웃처럼 네 몸을 사랑하라."고 하지 않고, "네 몸처럼 네 이웃을 사랑하라."고 한 것이 아니겠니? 이것은 인간 이해에 관한 심오한 통찰력을 보여 주고 있는 성서가 우리에게 주는 현실적인 참사랑의 지침인 거야.

더불어 성서에는, "여러 가지 계율을 다 지켰는데, 이제 무엇을 더 해야 영원한 생명을 얻게 되겠습니까?"라고 묻는 부자 청년을 향해 예수가 "네가 완전한 사람이 되려거든 네가 가진 재산을 다 팔아 가난한 사람들에게 나누어 주고 나를 따르라."라고 말하는 대목이 있단다. 그런데 부자 청년은 끝내 예수의 말을 따르지 않고, 예수를 떠났다는 게야. 영원한 삶에 대한 갈망조차도 재물에 대한 욕심을 억누를 수는 없었던 까닭이지. 선옥아, 여기에서 우리는 "재산을 팔아 가난한 사람들에게 나누어 주라."라고 한 말이 결국 누구를 위해 그렇게 하라고 한 것일까를 생각해 보자. 그것은 분명히 가난한 사람들을 위해서가 아니라, 부자 청년 자신의

영원한 생명을 위해 그렇게 하라는 것이 아니었겠니? 부자 청년의
자선 행위가 가난한 사람들에게 물질적인 도움을 줄지언정, 그들
에게 영원한 생명을 얻게 해 주는 것은 결코 아니겠지. 분명한 것
은 예수가 부자 청년과의 이 대화에서 '가난한 사람들의 구원'을
문제시하지는 않았다는 사실이야. 가난한 사람들의 구원 문제는
또다른 문제가 되기 때문이지. 따라서 우리는 이 부자 청년의 이
야기로부터 "사랑은 단지 타인을 위한 행동이라기보다는 자기 자
신의 구원을 위한 것이다."라는 사실을 확인하게 되는 것이지.

   가령 성서의 곳곳에서 "이웃을 사랑하라, 그리하면 어떤어떤 복
을 받게 될 것이다."라는 형식의 대목은 많이 발견할 수 있지만,
남으로부터 사랑 내지는 도움을 받는 사람이 복을 받는다고는 말
하지 않는 것을 알 수 있다. 이처럼 기독교에서 말하는 사랑이 본
질적으로는 '자기 자신의 구원'을 위한 것인데, 이것이 타인을 위
한 자기 희생을 강조하는 뜻으로 이해됨은, 중세 이래로 기독교가
지배자의 통치 수단으로 전락하면서 그렇게 되었을 것이다. 따라
서 우리가 타인을 사랑한다는 구실로 해서 그 사랑이 우리 삶의
무모한 희생을 강요하는 것은 아님을, 자기의 복됨과 자기 해방에
이르는 자기 실현으로서의 사랑의 중요함을, 바로 이것이 사랑의
본질적인 성격임을 망각해서는 안 되지.

사랑은 주는 것이다

그런데 선옥아, 위대한 자기 실현의 한 과정으로서, 사랑의 결과로서, 사랑받는 사람이 어떤 혜택을 받기는 하겠지만, 사랑받는 사람은 사랑의 본질적 효과인 해방(구원)의 기쁨을 얻지 못한다는 데에 정작 문제점이 있단다. 내가 거듭 강조하지만, 사랑은 '사랑하는 사람의 해방' 곧 자기 해방을 가져오는 것이지, '사랑받는 사람의 해방' 곧 타인의 해방을 가져오는 것이 아님이 결정적으로 중요한 대목이지. 그런데 이것이 정반대로 인식되고 있음은 실로 안타까운 일이 아닐 수 없다. 스스로 남을 사랑함으로써 행복해질 수 있다고 생각하기보다 남으로부터 사랑을 받아야 비로소 행복해질 수 있다고 생각하고, 능동적으로 남을 사랑하려고는 들지 않고, 사랑받으려고만 애쓰니 말이야. 이것은 진정한 자기 해방에 이르는 사랑의 위대함을 잘 모르는 데서 빚어지는 어리석음과 이기심의 소산이라 하겠다. 그러니 선옥아, 너희 부부는 사랑을 받으려고 하기보다 사랑을 하려고 노력해라. 그래야만 사랑 속에 내재해 있는 인간 해방의 참기쁨을 누릴 수 있단다.

물론 사랑이란 혼자만의 일이 아니고, 상대방과의 관계 속에서 일어나는 일, 일방 통행의 길이 아닌 쌍방 통행의 길일 수밖에 없단다. 즉 사랑하는 것과 사랑받는 것은 상호 동시적으로 나타나기에, 이 양자는 완전히 구분지어 생각하기란 무척 어려운 일이다. 사실 사랑받고 싶은 마음은 사랑하는 마음에서 비롯되는 것이고, 또 상대방이 나를 사랑하기를 바라는 것은, 내가 사랑하는 상대방이 나의 사랑을 온전히 받아들임으로써 기쁨을 누릴 수 있기를 바라는 마음에서 비롯되는 것이기 때문에, 사랑받기를 바라는 것을 꼭 나쁘다고만 할 수는 없겠지. 다만 나는 사랑의 위대성은 사랑하는 데서 나타나며, 사랑받기만을 바라는 이기적인 사람이 되기보다 사랑하는 사람이 되어야 한다는 것을 강조하고 싶을 뿐이다.

　여기에서 몹시 중대한 문제가 야기된다. 즉 사랑하지는 않으면서 사랑을 받으려고만 하는 사람은 주체성이 없는 사람이며, 따라서 진정한 자유인이 될 수 없다는 사실이다. 이런 사람은 이기적인 사람이며, 한 발 더 나아가 노예 근성의 소유자인 동시에 일종의 마조히스트라고 볼 수 있다. 정녕 남에게 무엇을 주려고 하지 않으면서 일방적으로 남으로부터 무엇을 받기를 바라고, 심지어 빼앗아서라도 더 많이 갖고 싶어하는 사람은 주체성이 결여된, 피해의식에 사로잡혀 있는 사람이다. 이런 사람이 어찌 참자유를 누리고, 내적 평화와 자기 만족을 얻을 수 있겠니? 그 사람은 결국 항상 더 많이 갖지 못한 것을 불만스럽게 생각한 나머지 불행한 사람이 될 것이다.

선옥아, 너도 경험해 보았겠지만, 남을 사랑한다는 것은 자기 내면에서 무엇인가 남을 위해 할 수 있는 능력이 있다고 믿는 정신에서 비롯되기에, 참사랑은 능동적인 자신감과 연결되는 것이지, 초조한 소유욕과는 거리가 멀다. 이 점에 대해서는 나중에 너와 함께 많은 이야기를 나누고 싶구나. 소유와 사랑은 정반대의 관계에 있다고 볼 수 있단다. 그런데도 소유욕을 사랑으로 오해하는 경우가 많은 것은, 자본주의가 천박해지면서 각 개인으로 하여금 그릇된 이기심만을 심어 주었기 때문일 게다.

그런데 이기적인 소유욕에 사로잡힌 사랑은 상대방을 자기의 일부로서 소유하려는 그릇된 시도를 하는 가운데 결국 상대방과 적대 관계를 형성하고 만다. 상대방도 자신이 타인의 소유물로 간주되는 것을 거부할 것이기 때문이다. 따라서 소유욕에 기초한 사랑은 항상 불안과 초조를 느끼게 됨에 반해, 참사랑은 사랑하는 대상과 자기 자신을 일치시킴으로써 대상과의 합일 및 화합을 이룩하여 마음의 평화를 얻고, 자기 해방의 기쁨을 누리게 된다.

그렇다면 참사랑은 자기를 위한 것일까, 아니면 남을 위한 것일까? 이 점에 관해서는 앞에서도 언급했지만, 사랑은 결코 어느 한쪽만을 위한 것이 아니다. 즉 참사랑은 불교에서 말하는 자리타리(自利他利)의 정신에 입각해서 행동하는 것이며, 기독교에서 강조하는 '내 몸과 같이 내 이웃을 사랑'하는 것이다. 이처럼 사랑은 자신과 남을 동시에 위하는 것이다. 그렇지 못한 경우에, 사랑은 이기적 욕망의 표현(자기만을 위하는 사랑의 경우)이 되든가, 아니면 지배자의 논리에 입각한 노예 사상의 표출(타인만을 위한 사랑의 경우)이 되고 만다.

내 가까운 사람들

정 진 홍

（1937~ ）

충청남도 공주에서 태어났다.

서울대 종교학과와 같은 학교 대학원 종교학과를 졸업했고,

미국 샌프란시스코신학교 신학대학원에서 박사학위를 받았다.

판사였던 아버지가 6·25 당시 인민군에게 잡혀가면서 집안이

어려워져 온 가족이 뿔뿔이 흩어져 살아야 하는 청소년기를 보냈다.

"전쟁의 상흔이 깊었던 탓이지만 저는 별로 살고 싶은 생각이

없었습니다. 그 때 종교는 제 삶을 온전하게 설명하게 해 주는 참 좋은

것이었습니다."라는 말에서 보여지듯 절망적이던 청소년기에 종교는

그에게 큰 위안이 되었다. 특정 종교의 배타적인 언어에는 반감을

지녔으며 종교란 '하나의 삶의 모습'이고 종교학이란 '현상을 통해

인간을 이해하는 인문학'이라는 의식을 강하게 갖는다.

외국의 종교학 이론을 소개하고 종교를 도구로 한국 사회를 분석하는

일에 헌신하여 우리나라의 대표적인 종교학자로 평가받고 있다.

현재 서울대 명예교수이자 대학민국학술원 회원이다.

『한국 종교문화의 전개』『종교문화의 이해』와 같은 학술서와

여행기 『신을 찾아 인간을 찾아』를 펴냈으며,

이 밖에도 『만남, 죽음과의 만남』『하늘과 순수와 상상』

『경험과 기억』『열림과 닫힘』과 같은 인문서,

그리고 평생 읽어 온 책에 대한 감상과 해설을 담은

『고전, 끝나지 않는 울림』이 있다.

그 '사나이'의 눈물

　잊혀진 것이 아니면, 그것은 회상될 수 없다. 그러므로 회상의 내용은 언제나 과거의 사건이 잊혀졌음을 확인하는 데서 비롯한다. 잊혀졌음을 확인할 수 없는 것은 그것이 현존하기 때문인데, 그렇다면 회상이란 불가능한 마음짓이다. 아버지에 대한 회상을 강요받는 계기로 해서 내가 확인할 수 있었던 것은 바로 이런 느낌이었다. 그 회상으로 아버지의 부재를 새삼스럽게 터득했기 때문이다.

　내 아버지는 계시지 않다. 회상의 기점을 찾아 세월을 거슬러 올라가면 40년 전 열네 살 아이의 마디에서 그 거스름은 멈춘다. 그 때에는 아버지가 있었다. 그러나 그 때부터 마흔몇 해 동안 아버지의 부재를 회상의 내용으로 받아들이기를 거절한 몸짓이 본연인 양 편해졌는데, 그 아버지의 '현존'을 돌연하게 떠올리라는 강요는 무엇보다도 '귀찮은' 일이다.

그 귀찮음은 회상 속에서 되살아나는 아버지의 현존과 더불어 아주 실제적이다.

우선 나는 아침에 늦잠을 잘 수가 없다. 나는 적어도 새벽 네 시면 눈을 떠야 하고, 다섯 시면 청소를 마쳐야 하고, 일곱 시면 책보를 쌀 준비를 다 끝낸 다음, 정숙한 자세로 예습을 하고 있어야 한다. 그 사이에 나는 아침을 먹는다. 아침을 먹으며 나는 눈물을 머금었거나 흘렸음에 틀림없다. 나는 반찬을 두 번 다시 집지 못하며, 수저를 놓는 소리가 상 위에서 나지 않기를 온몸 저려 가며 기대하지만, 늘 성공하지 못한다. 아무리 조심을 해서 여닫아도 문 소리는 천둥같이 울린다. 춤추는 아이마냥 발뒤꿈치를 들어도 내 걸음 소리는 집을 무너뜨릴 듯 들리게 마련이다.

세수를 할 때면 나는 언제나 필요 이상의 물을 쓰거나, 필요 이하의 물로 께적거린다. 길을 걸으며 눈을 좌우로 굴리는 것은 절제 없음의 짓거리인데, 나는 한 번도 그 절제의 덕을 지니고 길을 가지 못한다. 사내 자식이면 말소리가 목구멍 속에서 우물거리지를 않는 법인데, 나는 사내 자식이 아닌 게 분명하다.

저녁이면 손발을 씻어야 한다. 그러나 나는 늘 그 일을 스스로 하지 못한다. 연필을 깎고 나서 깎인 나뭇결과 다듬어진 속가루를

그 '사나이'의 눈물

조심스레 싸서 쓰레기통에 넣지 않고, 그저 통에 대고 툭툭 털어 넣은 일 때문에 나는 천하에 고얀 놈이 된다. 잠자리에 들면 반드시 불을 꺼야 한다. 몸을 뒤척이며 자는 버릇은 마음이 곧지 않은 자나 그럴 수 있는 일이다. 아침에 잠이 깨면 눈을 뜨는 순간 발딱 일어나야 한다. 나는 그 어느 것도 하지를 못한다.

아버지의 현존을 회상하는 일은 숨막히게 귀찮은 일이다.

그런데 내 아버지는 살아 계시다. 올해로 아흔셋이시다. 내 자식들이 할아버지를 뵌 일이 없고, 내 자식은커녕 내 막내누이조차 아버지 얼굴을 기억하지 못하는데, 아버지가 살아 계시다는 것은 말도 안 된다. 그러나 내 아버지는 엄연히 살아 계시다. 나는 아버지의 무덤을 이 세상에 갖고 있지 않으며, 내 달력에는 아버지의 기일도 없다. 호적에 있는 호주는 아버지이고, 나는 세대주일 뿐이다. 나는 내 아버지가 얼마나 더 살아 계실는지 알 수가 없다. 어쩌면 내 어머니의 돌아가심이 곧 아버지의 돌아가심일 거라고 짐작하지만, 그런 뒤에도 한동안 내 죽음에 이르기까지 아버지가 살아 계실 거라는 예감마저 지닌다.

알 수 없는 일은 아버지의 부재 속에서 회상되는 아버지의 현존은 귀찮기 그지없는 것이지만, 아버지의 현존 속에서 아버지의 부재를 회상하는 일은 아련한 그리움 속에서, 추락할 듯이 그러나 여전히 비상하는 나비의 날갯짓인 양 나를 즐겁게 한다는 사실이다.

그것을 나는 아버지에 대한 '아쉬움'이라고밖에 달리 표현할 길이 없다. 이를테면, 그 아쉬움은 아버지의 말씀, 아버지의 자기 자신에 대한 이야기를 더 듣고 싶은, 그러나 더 들을 수 없는 그런 답답함이기도 하다.

내 자식이 숙성해 가고, 그 녀석들과의 이야기가 사내와 사내의 만남으로 다듬어지고, 그들과 더불어 삶을 논하고 싶어졌을 때에 나를 낳은 사나이와의 이야기가 불가능하다는 인식이 뚜렷해지면서 그 아쉬움은 아예 저런 아픔이 되고 말았다. 그러나 그 아픈 아쉬움의 끝자락이 아직 내게 남아 있다는 것은 얼마나 다행스러운 일인지 모른다. 그 끝자락의 몇 가닥은 이런 것들이다.

아버지는 할아버지의 세 아들 중의 둘째이셨다. 내 백부는 휘문의숙을 나오셨는데, 종손이라서 곧 고향에 돌아가 사당을 지키셨다. 내 숙부는 마찬가지로 신식 교육을 받으셨지만, 내 종조가 손이 없으셔서 그리로 양자로 가셨기 때문에, 마찬가지로 종손의 몫을 감당하시기 위해 고향에 머무르셨다. 유독 아버지만이 유교적 전통의 엄격한 가문에서 자유로울 수 있으셨다. 나는 아버지가 그 자유와 그 전통을 어떻게 겪어 나가셨는지가 못내 궁금하다. 왜냐하면 아버지는 그 둘을 기묘하게 조화시켰던 분이라고 짐작되기 때문이다.

포성이 땅굴 속에서 땅울림으로 들리던 어느 날, 아버지는 거적이 깔린 바닥에 똑바로 책상다리를 하고 앉으셔서 그 때의 일을 들려주셨다. 나이 열여덟에 서당에서 배운 글이 세상을 살아가는 데에는 부족하다고 깨닫고 60리 밖의 소학교에 들어가신 일, 1년 뒤에 졸업을 하고 고향 가까이에 있는 소학교 선생이 되신 일, 그리고 다시 한 해가 채 가기 전에 일본으로 공부를 하러 가신 일, 갖은 고생 끝에 겨우 전문대학 법학부에 입학을 하셨는데 관동 대지진이 일어난 일, 우에노 공원으로 배낭을 메고 도망을 가셨는데, '센징(조선인을 비하하여 이르는 말)'임이 탄로나 쇠갈고리로 뒷머리를 찍히신 일, 피가 낭자하게 흘러 배낭 맨 위에 넣어 두었던 산세이도 영화 사전(영일 사전)이 피로 물들어 버린 일, 그런데 상처의 아픔보다 그 사전을 버린 것이 더 가슴아팠다는 말씀. 나는 그분의 자식이 그 얼룩진 사전을 '가보'로 여기고 있음을 알고 계셨으면 좋겠고, 그것이 아픈 아쉬움으로 남아 있다.

그 이튿날, 아버지는 잘 갈아진 삼각형 쇠칼로 대나무 뿌리를 다듬어 지팡이를 만드시면서 이야기를 계속하셨다. 동경에서 더 있을 수가 없어 되돌아와 경성법학전문학교에 편입을 하신 일, 상법 시험을 보던 날 일본인 학생이 노트를 빌려 달라고 찾아온 일,

정 진 홍

때로는 일본 학생들에게 당신이 교수인 양 배운 것을 설명해 준 일, 그것이 그렇게 스스로 자랑스럽고 즐거우셨다는 이야기. 나는 그분의 자식이 외국에서 공부를 하면서 외국인들보다 더 좋은 점수를 맞았을 때에 그 이야기를 기억했다는 사실을 알고 계셨으면 좋겠고, 그것이 아픈 아쉬움으로 남아 있다.

내가 아버지에게서 아버지의 이야기를 들은 것은 이것밖에 없다. 그 이틀 동안 땅굴 속에서의 일이 없었더라면 나는 아버지를 이야기할 아무런 그루터기도 없을 뻔하였다.

그 다음 날 새벽, 작은누님의 비명, 겨우 눈을 뜨자 어둠 속에서 보인 몽둥이들과 낯선 건장한 사람들의 후다닥거림, 어머니의 실신, 동구 밖으로 끌려가는 아버지, 꿈 속에서 끝내 터지지 않는 목소리로 몇 번 부르다 넘어진, 아버지를 향한 절규.

몇 날 뒤에 나는 어머니와 함께 아버지를 만날 수 있었다. 어머니는 새벽 바람이 차가워지는 것을 염려하여 홑이불 두 장을 겹쳐 꿰매고, 길거리 할머니가 준 포도 한 송이를 들고 20리 길을 걸어 아버지를 만나러 갔다. 아버지는 성당에 수감되어 있었다. 겨우겨우 만난 아버지는 며칠 사이에 피골이 상접했고, 얼굴에는 구레나룻이 새까맣게 덮여 있었다.

어머니는 울었고, 아버지는 웃으셨다. 내게 아버지가 말씀하셨다.

"공부 잘 하거라."

우리는 돌아섰고, 다시 뒤돌아봤을 때에 아버지는 포도알을 옆 사람들에게 나누어 주고 계셨다. 나는 우등상을 탈 때마다 그 말씀을 기억했고, 당신의 아들이 공부를 잘 했음을 알고 계시면 좋겠다고 생각하면서 아픈 아쉬움을 삼켜야 했다.

아쉬움의 또다른 끝자락들은 마구 산만하다.

아버지는 판사이셨고, 그것을 늘 자랑스럽게 생각하셨다. 그 자랑스러움은 내게 뚜렷한 문장으로 기억되고 있다.

'공명정대는 사법의 요체.'

나는 그것을 요즘 일컫는 불조심 표어처럼 외고 있었다. 나는 친구들에게 이 '어려운' 말을 내가 말할 수 있다는 것을 자랑스럽게 펼쳐 보이곤 했다. 나는 이 말을 한자로 또박또박 쓸 수 있었는데, 그것은 내게 아버지가 베푸신 유일한 과외 공부였던 셈이다. 사실 나는 '공명정대'나 '사법'의 개념에 대해서는 관심이 없었다. 그것은 내가 판단하기에 지극히 일상적인 용어였다. 내게 더 매력 있고, 내게 자랑이었던 것은 '요체'라는 말이었다. 나는 초등학교 3학년 때부터 졸업을 할 때까지 요체라는 말을 정확하게 구사할 수 있거나 그것을 한자로 쓸 수 있는 친구들을 거의 만나지 못했다. 나는 그것이 그처럼 자랑스러울 수가 없었다. 그러나 나는 이제 그 말뜻의 초점이 요체라는 데에 있지 않다는 그 말의 요체를 비로소 터득했음을 그분이 아시기를 바라지만, 그럴 수 없는 아픈 아쉬움을 달랠 길이 없다.

아버지는 새벽 어른이셨다. 청소를 하고, 의관을 다듬으신 다음, 두서너 시간이 출근 전에 확보되었던 것을 생각하면, 아예 비정상적이셨는지도 모른다. 그 시간에 아버지는 판결문을 쓰셨다. 나는 그 일이 어떤 기술적인 작업인지를 알지 못한다. 아무튼 그 시간 동안 우리는 몸과 마음을 숨죽여야 했다. 아버지는 연필로 초를 잡으셨고, 펜으로 정서를 하셨다. 집행 유예 판사라는 별명을 들으신 것으로 알고 있는데, 지금 생각하면 그 제의(祭儀) 집전(執典)같이 썼던 판결문 쓰기에 그분의 철학이 담겨 있을 법하지만, 그 어떤 흔적도 찾아보기 힘들다. 이 아픈 아쉬움을 언제 풀 수 있을 것인가?

아버지가 즐겨 쓰셨고, 어쩌다가 못내 못마땅해서 하시던 말이 있다.

"못된 놈, 고얀 놈."

아버지의 세상살이 말씀 중에는 그런 표현이 많았다. 때로는 아버지가 말씀하신 바로 그 '고얀 놈'을 내가 직접 만날 경우도 있었는데, 그 때마다 나는 아버지의 표현에 걸맞지 않게 그 사람이 '괜찮은' 사람임을 확인하곤 당혹스러웠다. 그런 사람은 내게나 어머니에게 무척 친절한 어른이었던 것이다. 아버지가 끌려가시고, 집안이 풍비박산이 되고, 먹고 살기가 문자 그대로 어렵게 되었을 때에 아버지의 동료들은 모두 높고 귀한 자리에 있었다. 나는 그분들의 이름을 익히 알고 있었고, 주변 사람들이 어머니께 그런 분들을 찾아가 생계를 의논하라고 충고들을 하곤 했다. 나는 그때, 어머니가 우리 남매에게 했던 말씀을 아직도 기억한다.

"그러고 싶지만, 그 사람들이 아버지를 좋아하지 않는 사람일까봐 겁이 나서 만날 수가 없구나."

나는 그런 일들로 미루어 볼 때에 아버지가 부덕한 분이었으리라는 판단을 유보하고 싶지는 않다. 아버지는 자기 신념에 투철했고, 그만큼 자신에게 성실했으나, 그것이 남에게 오만하게 독선적으로 전해졌으리라는 것, 그것이 참으로 성숙한 인격이 되기에는 모자라는 점임을 부정하고 싶지 않다. 그러나 나는 그분의 자식이 그런 아버지를 어떤 아버지보다 자랑스럽게 여기고 있다는 것을 알려 드리고 싶고, 그럴 뿐만 아니라 그렇게 부러질 때에 뚝 부러지더라도 휘청거리고 싶지 않은 삶을 고집하고 있음을 알려 드리고 싶은 아픈 아쉬움을 지닌다.

현존에서 부재를 회상하는 일은 그 아쉬움이 한이 없다.

정 진 홍

전쟁의 상처 속에서 미처 복학을 하지 못하고 있던 나는 종조부님 아래에서 효경을 읽었다.

"중니한건할새 증자시좌러시니 자왈 모야 선왕이 유지덕 요도하야……"(공자께서 한가하게 계실 때에 증자가 모시고 있었더니, 공자께서 가라사대, 옛날 요순 임금이 덕에 이르고 도를 깨쳐서…….)

나는 아직도 그 효경을 줄줄이 왼다. 할아버지께서는 군데군데 좀이 먹어 떨어진 옛 책으로 그 효경을 가르쳐 주셨다. 그 때 할아버지께서 내게 말씀하셨다.

"이 책은 네 애비가 필사를 한 거다."

어느 날은 이런 이야기도 들려주셨다. 하루는 아버지가 아침부터 보이지를 않았다. 열서너 살 때 일이다. 아침을 먹고 온데간데 없는 아버지는 점심때도 나타나지 않았고, 저녁이 기우는데도 보이지 않았다. 행랑 식구들을 다 풀어 찾았지만 찾을 수 없었다. 땅거미가 지기 시작할 때에 비로소 아버지는 나타났다. 할머니께서 어딜 갔다 왔느냐고 꾸중을 하셨다. 아버지는 책광에 들어가서 하루 종일 책을 읽고 계셨던 거다.

아버지는 담배는 입에도 대지 않으셨다. 약주는 가끔 하시는 듯했지만, 그런 날은 우리 집안에 '사건'이 일어나는 날이기도 하였다. 아버지께서는 껄껄거리고 웃으셨다. 그 웃음은 크고 투명하고 명쾌한 그런 것이었다. 그 웃음은 그것 자체로 사건이었던 것이다. 그런 아버지에게서 홍시 내음 비슷한 냄새가 났다. 나는 지금도 그 냄새가 좋다. 아버지가 가끔은 약주를 드시기를 바랐다. 그러나 그것은 사건이었을 뿐, 결코 흔할 수 없는 일이었다.

　아버지와 사는 동안에 가끔 했던 기이한 경험들은 아픈 아쉬움을 삭여 주는 드문 회상의 내용이다. 이를테면 어느 날, 나는 동무들 몇이서 학교 숙제인 잠망경을 만드느라고 우리 집에 모여 난리를 친 적이 있다. 판자를 톱질해 못을 박아 통을 만들고, 거기에 거울을 비스듬히 뉘어 넣어 'ㄹ'자로 구부러지게 하는 작업은 그리 쉬운 것이 아니었다. 지금도 그 때 친구들의 표정마저 생생하게 떠오르는데, 아무튼 우리는 실패를 서너 시간 끈질기게 겪어야 했다. 마루와 마당이 온통 지저분했고, 우리는 다투듯이 소리를 치며 그 실패를 즐기고 있었다. 그러다가 친구들의 표정이 갑자기 굳어지는 것을 느끼고 뒤를 돌아본 순간, 아버지가 거기 계셨다. 나는 완전히 낭패한 느낌이었다. 이 지저분함과 시끄러움을 변명할 어떤 것도 찾을 수 없는 채로 마냥 질식할 것 같은 두려움에 온몸이 굳어 버렸다.

　그 때 아버지의 미소를 나는 지금도 분명하게 기억하고 있다. 아버지는 웃으시며 무엇을 만드느냐고 물으셨고, 우리는 당혹스

정 진 홍

러움과 송구스러움 속에서 아버지의 도움을 받아 마침내 멋진 잠
망경을 만들 수 있었다. 더 놀라운 것은, 친구들과 함께 나는 저녁
을 먹었다. 그 날 저녁, 나는 아버지와의 그 기이한 경험 때문에
잠이 들 수 없을 지경이었다.

　이 일이 있기 아주 여러 해 전에도 나는 기이한 경험을 한 적이
있다. 멀리 다른 도시에 살고 계신 외조부님 댁에 아버지와 함께
간 적이 있다. 외가 어떤 분의 생신이었던 것으로 기억되는데, 나
는 아버지와 한이불 속에서 잠을 자다 오줌을 쌌다. 나는 아버지
의 불호령이 내릴 줄 알았는데, 그렇지 않았다. 그 밤중에 아버지
는 요를 물로 지르잡고 내 속옷을 빨아 그 젖은 자리에서 그 속옷
을 배 위에 얹고 주무셨다. 이튿날 아침, 나는 잘 마른 속옷을 입
을 수 있었다.

　아픈 아쉬움이 눈 녹듯 사라지는 이런 회상들은 또다른 회상 때
문에 산산이 부서진다. 아버지의 눈물을 기억한다는 것은 창피한
일일는지도 모른다. 나는 '아버지의 눈물'을 정말이지 기억하고
싶지 않다. 그런 것은 없어야 하는 거고, 사실 없는 것이라고 다짐
하곤 하지만, 그러나 이 기억은 어떤 현실보다 뚜렷하다.

　그 때 우리는 큰댁 대청이 올려다보이는 문간방 툇마루에 앉아
있었다. 햇빛이 좋았던 그 날, 마루 끝 댓돌 앞에는 닭들이 모이를

쪼고 있었다. 어머니는 배낭을 꾸리시며 거기다 미숫가루를 꼭꼭 넣고 계셨다. 아버지는 운동화를 신고 계셨고, 우리는 그런 아버지와 어머니를 멀거니―그렇다, 아주 속수무책으로―바라보고 있었다. 전쟁의 소식이 바짝 다가오고 있었고, 어머니는 아버지의 피난길을 재촉하셨다.

"어떻게든 우리는 살아갈 테니 당신은 우선 몸을 피하세요. 자꾸 남쪽으로만 가시면 사실 거예요. 전쟁이 끝나면 서로 만나게 될 테니, 아무 걱정 말고 떠나세요."

그러나 아버지는 묵묵부답이셨다. 어머니는 일어나 배낭을 아버지 어깨에 메어 드렸고, 아버지는 절망하시듯 그것을 지고 일어나셨다. 백부께서 "어서 떠나라." 하고 말씀하셨을 때에 나는 보아서는 안 될 것을 보고 말았다. "얘들을 어떻게 두고 가나." 그렇게 중얼거리시듯 말씀하시는 아버지의 눈에 눈물이 흐르고 있었다.

며칠 동안 산에 가셨던 아버지는 되돌아오셨고, 우리는 그 아버지를 두려움 속에서, 그러나 얼마나 반갑게 맞았던지! 그리고 지금 우리는 살아 있는데, 아버지는 계시지 않다.

나는 아버지를 이야기할 수 있는 '자리'에 있지 못하다. 그분을 통해 현대사를 읽는다는 것은 너무 사치스럽다. 그렇다고 해서 그분을 통해 내 존재 근거의 신화를 읊는다는 것은 너무 이상적이다. 기껏해야 나는 아버지의 부재 속에서 그 현존을 회상하는 때에 생기는 귀찮음과, 아버지의 현존 속에서 그 부재를 회상하면서 생기는 아픈 아쉬움을 지닐 뿐이다.

내게는 아버지 사진이 오직 한 장 있다. 해마다 그분의 생신이면 나는 그것의 먼지를 털어 손자들 앞에 내놓는다. 그 때마다 이제는 나보다 젊은 한 사나이가 '아버지'라는 이름으로 거기 임재해 있음을 확인한다. 때로는 아버지의 부재를 편하게 누렸던 사춘기의 기억 때문에 죄의식을 갖기도 하고, 나를 낳은 사나이와의 대화가 결손된 삶의 실조(失調)를 아프게 아쉬워하기도 한다.

그런데 때로 피곤해지면, 그리고 그 피곤한 계기가 사뭇 잦아지는 요즘에는 그분의 손때 어린 효경을 되꺼내 그 책장을 넘기고, 검게 얼룩져 다 떨어진 영화 사전의 무게를 새삼 느끼곤 한다. 그리고는 알 수 없는 평화가 조용히 내 안에서 피어오름을 느낀다. 아버지란 그래서 아버지인가?

아, 아직 남아 있는 기억이 있다. 다른 지방으로 부임을 하셨을 때, 나는 식구들보다 먼저 아버지가 계신 곳으로 간 적이 있다. 아버지는 그분의 사무실에서 나를 맞아 주셨고, 그 날 저녁 어떤 식당에서 몇몇 어른들과 저녁을 함께 하셨다. 그 때에 상 모퉁이에 앉아 있었던 나를 아버지는 그 어른들에게 이렇게 소개하셨다.

"이놈이 내 맏상제요."

내 평생의 소원이 있다면 아버지의 맏상제 노릇을 하는 일이다. 그분이 운명하는 자리에서 나는 그분의 눈을 감겨 드리고 싶고, 그분을 염하고 습한 다음, 묻고, 흙을 뿌리고, 파란 잔디가 돋아날 봉분을 만들고 싶다. 그리고 베옷을 입고 엎드려 절하며, '아이고 아이고' 하고 마음껏 곡을 하고 싶다. 그리고 한식이면 잔디씨를 가지고 성묘를 가는 친구에게 한 번쯤은 "나도 아버지 성묘를 간다."고 이야기하고 싶다.

그러나 부재와 현존의 회상을 마구 혼돈스럽게 사는 나에게 그것은 영원한 꿈일 수밖에 없다. 바로 그 꿈 속에 아버지는 계신 것이다.

정 진 홍

최정현

(1961~)

대구에서 태어나 서울대 회화과를 졸업하고 반쪽이라는
예명으로 활동해 왔다. 1990년대 초반, 이 수필처럼 아이를
기르면서 겪는 크고 작은 일들을 소재로 한 만화 칼럼 '반쪽이의
육아 일기'를 여성신문에 연재하여 폭발적인 반응을
불러일으켰고, 이 내용을 모아 『반쪽이의 육아일기』를 펴내고
개인전도 열었다. 이 만화는 아는 것과 행하는 것을 일치시키는
것의 어려움을 진솔하게 표현하고, 좋은 아빠가 되기 위해
사회의 편견에서 스스로 자유로워지고자 노력하는 자신의
모습을 투영하여 감동을 주었다. 10여 년 동안 15평 아파트에서
살면서 필요한 가구와 소품 등을 제작했던 경험과
반짝이는 아이디어를 바탕으로 '반쪽이네 공방'을 운영하면서
DIY(Do It Yourself-스스로 만들기)를 통해 얻는 기쁨을
사람들과 공유하고 있다. 만화에서 보이는 대로 아이 돌보기,
청소하기, 가구 고치기, 커 가는 아이와 눈높이 맞추기에,
'뛰어나지는 않지만 최선을 다하는' 사람이고자 노력했다.
영화평론가인 부인과 딸을 함께 키우고 가사를
분담하는 모습으로 '평등부부상'을 받았다. 최근에는
'고물자연사박물관' 전(展)을 열기도 했다.
『반쪽이 부부의 작은 세상』『뚝딱뚝딱 DIY 15평 반쪽이네 집』
『반쪽이의 나무곤충 만들기』 등을 펴냈다.

내 손으로 아기 기르는 재미
— 한 남자 만화가의 딸 보육기

"당신 그 때 왜 그랬어요?"

아내는 짓궂게도 다그치기 시작한다. 내가 이른바 청혼이라는 것을 할 적에 단서를 붙인 것을 두고 하는 말이다. 그 단서는 "애를 낳지 말자."는 것이었다. 이것을 두고 아내, 특히 처가에서는 '신성한' 국토 방위의 의무를 얼마 전에 완수한 이 내가 몸에 또는 정신에 무슨 문제가 있는 게 아닌가 하는 의심을 하였다고 한다.

내가 그러한 제안을 한 것은 이런 이유에서 그랬다. 고향에서 조카들의 기저귀가 숲을 이루고, 한쪽에서 엎어지고 한쪽에서 울고, 이쪽에서 토하고 저쪽에서 싸는 것을 수없이 보았을 뿐만 아니라, 걔들이 더 자라서는 종횡무진으로 나대며 집안 전체를 무법천지의 아수라장으로 만드는 것을 목격하고는, 내가 작품 하나라도 제대로 하려면 적어도 애를 낳아 기르는 것과 같은 어리석은 일은 저지르지 말아야겠다고 각오를 단단히 했던 것이다. 어쨌거나 우리 부부는 이 문제를 분명히 정리하지 않은 채로 혼인을 하게 되었다.

혼인하고 나서 우리는 저마다 바빴고, 이 문제를 잊어버렸다. 우리보다 훨씬 늦게 혼인한 사람이 임신하고, 애 낳고, 돌잔치한다는 얘기가 들려왔다. 그런 자리에 몇 번 가기도 하였다. 가깝게는 우리보다 늦게 혼인한 처제도 임신했다. 그래도 그게 부럽다거나 그렇지 않았다. 다만 대다수 사람들과 다르다는 데서 오는 막연한 외로움 같은 것이 서서히 자리잡기 시작했을 뿐이다. 하예린 (우리 딸 이름. '하'늘에서 내 '린' '예'쁜 딸이라는 뜻이다)과 나와의 역사는 바로 이 딱히 외로움이라고도 할 수 없는 그 어떤 것으로부터 시작되었다.

우리 하예린은 예정일보다 한 달 일찍 태어났다. 어디선가 막달에는 집에 있어야 한다는 말을 귀동냥해 들은 아내는 한 달 전이니 괜찮다고 하며 사흘 동안 무리를 했고, 하예린은 아무 준비도 안 된 우리에게 와 버렸다.

월요일 아침에 일찍 양수가 터진 아내는 잠이 덜 깬 나를 앞세워 병원행을 서둘렀다. 아침 출근 시간이라 택시는 안 잡히고, '119 구급대'에 대한 사전 지식도 없었던 우리는 일반 버스와 좌

내 손으로 아기 기르는 재미

석 버스 그리고 택시를 바꿔 타 가며 서울 시내를 '유람'했다. "집 앞에 병원 놔 두고 어쩌자고 병원은 멀어 가지고." 하는 욕이 저절로 나왔지만, 조산이기 때문에 정기적으로 다닌 병원(처가 가까이에 있었다)에 가야 한다는 아내의 주장을 무시할 수도 없었다.

그러나 이런 우여곡절 끝에 도착한 병원에서는 조산아에 대한 시설이 미비하다는 이유로 다른 병원에 갈 것을 권유했다. "아니, 애가 항상 제 시간에 나온다는 법이 있어? 산부인과라면 그런 시설은 기본적으로 해 놔야 되는 것 아냐?" 하고 투덜거렸지만, 화를 낼 틈도 없이 그 동네에서는 꽤 유명하다는 그 병원에도 없는 시설이 그 가까운 다른 병원에 있겠냐 싶어 종합 병원 응급실로 향했다.

그러나 응급실은 더 끔찍했다. 어떤 영화에서나 봄 직한 처참한 장면들이 고함 소리, 통곡 소리와 함께 펼쳐졌고, 무표정하게 그 속을 바삐 왔다 갔다 하는 의사와 간호사들의 모습이 또한 충격적으로 다가왔다. 기본 검사가 끝나고 나서 한 그들의 답변은 "애는 여기서 낳을 수 있지만, 인큐베이터 시설이 꽉 차서 낳는 대로 인큐베이터가 있는 다른 병원으로 보내야 한다."는 것이었다. 그리고 그렇게 할 적에 갈 만한 병원 몇 군데를 소개해 주면서 무작정 가지 말고 전화를 해 보고 가라는 말을 덧붙였다. 세상에 어느 누

최 정 현

가 산모 따로, 애 따로인 병원에서 애를 낳으려 할까? 모르긴 모르되, 그것은 딴 병원으로 가라는 말과 같았다. 다만 그 때가 사회적으로 진료 거부 문제로 시끄러운 때여서 그런지 의사 몇 명이 와서 '기분 나쁘지 않게' 돌려보내려 한다는 인상을 받았을 뿐이다. 내 몸소 겪고 보니 한국 의료 현실의 현주소가 짐작되고도 남았다. 언제 세균 감염이 될지 모르는 임산부가 인큐베이터 시설이 있느냐고 전화를 여기저기 돌리는 현실!

다행히 가능하면 폐를 끼치지 않으려 했던, 친척이 하는 병원에 연결이 되었고, 아내는 거기서 애를 낳았다. 병원이 쩌렁쩌렁 울릴 만큼 목소리가 큰 우리 아기의 몸무게는 2.6킬로그램이었다. 턱걸이해서 인큐베이터에 안 들어가도 되겠다는(인큐베이터에는 몸무게가 많아야 2.5킬로그램인 아이가 들어간다고 한다) 말을 듣는 순간에 아침부터의 그 법석을 생각하니 쓴웃음이 나왔다.

우리 부녀의 첫 만남은 첫날 면회 시간을 놓쳐 그 이튿날 오전에야 이루어졌다. 신생아실 커튼을 열어 젖혔을 때, 왕창 변을 본 아기가 있었는데, 무심코 보아 넘긴 그 아이가 '최정현 아기'라는 이름표를 달고 오는 게 아니냐! 내가 아버지가 되었다는 사실이 주는 느낌은 기쁘고 감동적이라기보다는 약간의 부담감과 들뜸이 온몸에 퍼지는 좀 기묘한 것이었다. 아내가 "어머니 닮지 않았어

내 손으로 아기 기르는 재미

요?"하고 물어 왔을 때, 나는 아기 얼굴에서 어머니와 아버지, 누나, 형 그리고 나의 온갖 얼굴을 대입시켜 보면서 나의 아이가 딱히 어느 한 사람의 얼굴이 아니라 모두를 닮았다는 사실을 발견했다(아마 아내도 그렇게 느꼈겠지만).

그러나 아내가 퇴원하고 나서부터 둘만의 생활에 익숙해 있던 우리는 서서히 당혹감에 빠지기 시작했다. 특히 천성이 게을러 배고프면 먹고, 잠 오면 자고, 여행하고 싶으면 며칠이고 휙 떠나는, 한마디로 틀에 박힌 생활을 온몸으로 거부해 온 나는 이게 웬 날벼락이냐 싶었다. 아기 울음 때문에 어쩌다 든 잠도 깨기 일쑤요, 주로 밤에 작업하는 나는 밤에 아기가 깰 때에는 영락없이 불침번이 되어야 했다. 또 아기 때문에 생기는 일은 왜 그렇게 많을까? 주로 집에서 작업하는 나는 집안일이 만만치 않다는 것, 고무줄처럼 잡아당기면 한없이 늘어나는 것임을 경험을 통해 벌써부터 알고 있었다. 그런데 여기에 일이 갑절은 더 늘어난 것이다. 아기 우유 주기(9개월까지 모유를 먹였지만, 아내가 외출할 때, 애가 밤에 깨서 배고파할 때에는 우유를 먹였다), 기저귀 갈기, 아기 옷 빨기(위생적으로 어른 옷과 구분하자는 것이 아내의 주장이다), 이유식 만들어 먹이기(잠시도 가만히 있지 않으려는 아이에게 뭔가를 먹인다는 것은 전쟁을 방불케 한다!), 아기랑 놀아 주기, 아기 재우기, 아기 데리고 산

최정현

책 나가기……, 어디 그뿐이냐? 애 울면 달래 가면서 틈틈이 신문 보고, 책 읽고, 뭔가 마무리도 해야 한다. 애가 울고, 부엌에서 찌개가 끓고, 전화 벨이 울리고, 초인종이 울리는 것과 같은 상황이 실제로 일어났으며, 이런 상황에서 나와 아내는 자연히 일을 분담하게 되었는데, '애 보는 일' 그것이 바로 나의 몫이었다.

한편으로 나의 이 아기보기 경험을 '여성 신문'에 연재 만화 '반쪽이의 육아 일기'로 담게 되었는데, 그 뒤로 나는 여기저기서 비판과 불평을, 때로는 주문을 받게 되었다. "애야 낳은 사람이 키워야지." 하는 점잖은 충고형에서, 자기가 부부 싸움에서 벗어날 수 있도록 '육아 일기'를 그릴 때마다 "나는 집에서 작업하는 사람이다." 라고 밝혀 달라는 주문형, 그리고 "어물전 망신은 꼴뚜기가 다 시킨다더니, 남자 망신 너 혼자 다 시키고 있어." 하는 위협형에 이르기까지 여러 가지 의견을 접하였다. 또 아내는 아내대로 "어떻게 남편을 그렇게 길들일 수 있느냐?"에서부터 "아빠가 키우는데도 아기가 건강하네요." 하는 칭찬인지 비난인지 모를 지적까지 받았다. 그러고 보면 우리 사회에서 남자가 애 키우는 것이 분명히 보편적인 일은 아닌 모양이다.

그러나 정확히 말해서, 나는 우리 둘의 아이인 하예린을 함께 키우고 있는 것이지, 나 '혼자서' 키우는 것은 아니다. 하예린은

내 손으로 아기 기르는 재미

분명히 두 사람의 아이이고, 우리가 그 애의 부모인 다음에야 그 애를 함께 돌보는 것이 왜 문제가 되는지 모르겠다.

그러나 그렇게 생각함에도 불구하고, 실천하는 것이 말처럼 그렇게 쉬운 건 아니다. 원고 마감이 눈앞에 닥치게 되면 나는 육아건 집안일이건 나 몰라라 하기 때문이다. 그리고 마찬가지로 일에 쫓기는 아내에게 "반찬이 이게 뭐냐?", "집안이 왜 이 모양이냐?", "애 좀 울리지 않을 수 없냐?"라고 불평을 터뜨린다. 그러면 아내는 때로는 화를 내고 때로는 참으면서, 결전의 때를 기다린다. 자기가 바쁜 정도에 따라 아내는 어떤 때에는 애 업고 설거지를 하지만, 어떤 때에는 기어코 경우를 따지려 든다. 그러면 수세에 몰리는 것은 조금 전까지 가해자였던 내 쪽임은 말할 것도 없다.

하예린이 갓난아기였을 적에 나는 제주도에서 사 온 구덕을 PVC 파이프로 만든 그네에 매달아서 요람을 만들었다. 하예린은 앉을 수 있을 때까지 몇 개월을 거기서 시원하게 보냈다. 처음에 요람의 반도 안 되던 아기가 요람에 꽉 차는 것을 보았을 적에 그 성장 속도에 놀랐다. 이어서 나는 그것을 해체하는 것을 매우 안타까워하던 아내를 설득해서 그것으로 바퀴 달린 의자를 만들었는데, 하예린은 움직이는 차를 타 보곤 까르륵 웃는가 하면, 자동차 안인 줄 착각하고 거기서 잠이 들기 일쑤였다. 그러면 우리는 이 '바퀴 달린 의자'의 효력에 한편으로 놀라면서 동시에 고마워해야 했다. 하예린도 낮에 우리가 별로 놀아 주질 않을 때에는 기꺼이 낮잠 자는 쪽을 택했기 때문이다. 다만 그러다 보니, 늦게 자는 우리의 생활 습관을 십분 활용하여, 아이 또한 우리가 잘 때까지 안 자려고 버텨서 별명이 '낮에는 천사, 밤에는 악마'가 되었다.

그러나 어른, 애 할 것 없이 괴로운 것은 뭐니뭐니해도 애가 병이 날 때이다. 애가 병이 나면 행여나 큰 병이 아닐까 하는 불안과 함께 칭얼대는 애를 데리고 병원에 가는 일이 고역이다. 보통 나는 아내와 함께 가는데, 소아과에 환자가 많은 데 놀랐고, 그 많은 애들이 모두 엄마 품에 안겨 있는 것을 보고 놀랐다. 우리 동네는 맞벌이 부부가 꽤 많은 것으로 알고 있는데, 아빠가 데리고 온 아이는 아주 드물었다. 그래서 그런지 내가 하예린을 데리고 진료실에 들어가면, 소아과 의사는 재미있어하기도 하고, 호기심을 나타내기도 한다. 그리고 '남자'니까 기본 상식도 없으리라 생각하는지 굉장히 자세하고도 친절하게 설명을 해 주곤 한다. 집에 와서 실행해 보면 그것이 말같이 쉽지만은 않다는 것을 알게 되지만 말이다. 그래서 애 간호하다가 어른이 지치고 병이 나기 십상이다. 그럴 적에 부모 노릇의 어려움을 새삼스럽게 깨달으면서 "우리 부모도 나를 이렇게 키웠을까?"에 생각이 미친다. "자식을 낳고 키

내 손으로 아기 기르는 재미

위 봐야 제 부모의 마음을 안다."는 것이 다만 옛말만은 아니라는 것이 드러나는 순간이다.

하예린을 기르면서 바뀐 것이 이것만은 아니다. 하예린을 낳기 전에 나는 이른바 '무서운 삼촌'이었고, 나에게 달라붙는 아이들을 윽박질러 울려 놓기 일쑤였다. 이런 내가 형수에겐 굉장히 서운하게 느껴졌나 보다. 하예린을 데리고 고향에 내려갔을 적에 내가 아이를 어르고, 기저귀를 갈아 주고, 때로 우유를 먹이는 것을 보고, 형수는 뜻밖이라는 표정을 짓고 아내에게 지나가는 말로 "제 새끼는 예뻐한다."고 말한 것을 보면 말이다. 그런데 이상한 것은 하예린을 기르면서 내가 다른 애들에게도 관심을 가지게 되었다는 사실이다. "쟤는 몇 개월이나 되었을까?", "쟤는 어떤 재롱을 피울까?", "쟤는 어떤 음식을 좋아할까?"와 같은. 그리고 걔들의 웃음, 울음과 함께 재롱이 내 눈에 보이기 시작하였다.

그래서 나는 모성애니 부성애니 하는 것이 타고난다기보다는 애와의 접촉 정도에 따라 생긴다고 믿는 사람에 든다. 내가 하예린 기르는 일에 동참하지 않았다면, 그 애의 똥기저귀 치우기를 기꺼이 하지 않았다면, 그 애가 기분 좋게 잘 수 있도록 신경을 쓰지 않았다면, 과연 그 애를 이처럼 사랑할 수 있었을까? 나는 거의 아니라고 단정지을 수 있다. 그 애에 대한 내 애정은 그 애에 대한 내 정성에 비례한다. 그리고 어느 하나도 빼먹거나 건너뛰지 않고 하나씩 밟아 가는 그 애의 성장 과정을 신비롭게 바라본 나의 시선과 관계 있다. 고개를 가누고, 뒤집고, 앉고, 기고, 붙잡고 서고, 뒤뚱뒤뚱 걸어다닐 때까지를 지켜본 나는 그 애의 행동 어느 하나도 소중하지 않은 것이 없다. 그림책에서 사자를 보고 나서 길을 가다가 '똥개'(주인에게는 미안하지만)를 보고 '사자'라고 외치는 그 애를 보고 나는 폭소를 터뜨렸고, 조만간 동물원에 데려가야겠다고 생각했다. 그 애의 어처구니없는 실수와 행동까지도 사랑스러우니 이를 어쩌냐!

우리 하예린은 사실 다른 애들보다 늦게 기고, 더디 걸은 편이다. 그러나 애들이라면 당연히 배우리라 생각하는 곤지곤지, 잼잼도 강요하지 않았다. 어느 날, 저 혼자 하는 것을 보고 기특해했을 뿐이다. 어른들은 걱정스럽게 왜 집에서 좀 시키지 않느냐고 성화였지만, 나는 "나이 서른이 되어서도 못 걷는 사람 봤냐!"고 대꾸해 줬다. 아마도 젊은 사람이 조기 교육도 모른다고 혀를 끌끌 찼을 것이다.

나는 조기 교육에 대해서는 아는 바가 없지만, 내가 교육에 대해 가지고 있는 기본적인 생각은 강요하지 말고, 억압하지 말며, 가능하면 자연스럽게 지켜보자는 것이다. 우리 하예린은 엄마, 아빠가 책을 보는 모습을 보고, 몇 권 안 되지만 제 그림책을 굉장히 소중히 여긴다. 아침에 눈뜨자마자 그림책을 펼쳐들며, 울다가도 그림책을 보여 주면 울음을 그치고, 이것저것 손으로 가리키면서 대답을 기다린다.

장난감 문제만 해도 그렇다. 모든 장난감을 다 가지려는 아이는 모든 것을 혼자서 다 차지하려는 어른과 다를 바 없다고 생각한다. 사실 자기만 아는 아이, 모든 것을 제 맘대로 하는 아이는 어쩌면 어른들이(특히 부모가) 그것을 허용하거나 방조했기 때문에 생기는지도 모른다. 나는 자연이, 세계가, 그리고 실생활 용품들 또한 장난감에 버금가거나 그보다 나을 수 있다고 믿는다. 이 여름에 내가 하예린과 함께 매미나 잠자리를 잡으며 돌아다니는 것도 바로 그 때문이다.

우리는 지난 주부터 하예린을 동네 놀이방에 보냈다. 오후 한 시부터 일곱 시까지 그 애는 제 또래의 형과 아우들 틈 속에서 논다. 이제 제 또래의 아이들에게 관심을 가지는데도 불구하고, 현실적으로 엄마, 아빠가 바빠서 하예린을 데리고 제 또래 친구가 있는 집을 자주 방문할 수 없는 것이 놀이방에 보낸 한 이유였다. 그 애는 놀이방에서 현관문이 열리면 아직도 제 엄마가 온 줄 알았다가 아닌 걸 알고는 운다고 한다. 그러나 곧 웃으면서 놀이에 열중하고, 부지런히 먹어서 교사들을 웃긴다고 한다. 이전에 조용하던 아이가 활발해진 모습을 보면서 어머니 또는 아버지, 그리고 할머니에게서 맹목적인 사랑을 받으며 자라기보다는 애에게 부담이 되지 않는 범위 안에서 애나 어른 양쪽에게 이런 방법이 바람직하지 않나 하는 생각이 든다. 아이와 함께 있는 것 자체가 중요한 것이 아니라, 함께 있을 때 얼마나 정성으로 보살피는가가 중요하다고 믿기 때문이다.

질 높은 아동 보육이 아직 아쉽기는 하지만, 놀이방에 보내는 것이 다만 일정 시간 동안 아이를 탁아(떠맡긴다는 뜻이 강한)하는 것만은 아니라는 생각이 커져 가고 있는 요즈음, 나는 이런저런 생각이 많아졌다. 나는 이러한 생각을 주로 하예린을 놀이방에 데려다 주거나 데려올 때 한다. 그리고 때때로 웃음 짓는다. 우리 부녀의 미래의 모습을 떠올리면서.

내 손으로 아기 기르는 재미

이
상
석

(1952~)

경상남도 창녕에서 태어났다.
1979년부터 대양공업고등학교, 성모여자고등학교 등에서
10여 년 동안 아이들을 가르쳤다. 전국 YMCA
교육자협의회에서 활동하면서 징계를 받았으며, 1989년 전교조
결성 당시 전교조 부산지부의 부지부장으로 활동하다가
해직되어 5년간 교단에서 쫓겨나 있었다.
이 글 「외할매 생각」이 들어 있는 『사랑으로 매긴 성적표』에는
아이들에 대한 끝없는 사랑으로 똘똘 뭉친 '참 좋은 선생님'의
모습이 잘 드러난다. 자서전 형식의 산문집
『못난 것도 힘이 된다』(전2권)는 자신의 어린 시절부터
대학 시절까지의 인생을 솔직하게 써 내려감으로써
절망과 패배감에 잠긴 아이들에게 희망을 주고 있다.
이상석의 책은 모두 고등학교 재수 시절 만나 평생의 친분을
쌓게 된 박재동 화백이 표지그림을 그렸다.
「굴종의 삶을 떨치고」란 글로 제3회 전태일 문학상을 받았으며,
지금은 부산진고등학교에서 아이들을 가르치면서
한국글쓰기연구회에서 '우리 말과 삶을 가꾸는 글쓰기'
공부를 하고 있다.

외할매 생각

    구름이 낮게 깔리고, 빗방울이 후둑후둑 창을 때리는 날, 교실은 더욱 안온해진다. 망연자실 창 밖의 빗줄기에 눈을 준 아이들의 모습은 참 예쁘다. 책을 펼 생각은 않고, 턱을 괸 채 나를 빤히 바라보는 애들의 모습도 예쁘다. 나의 마음은 애들보다 먼저 감상에 젖어 있다. 이런 날, 책을 들고 밑줄을 그어 가며 문단이 어떻게 나뉘고, 문장 성분이 어떻고, 품사가 어떻고 하기엔 너무 어울리지 않는다. 그래도 선생이랍시고,

    "애들아, 수업해야지. 책 펴자."

    하면 아이들은 대경실색이다.

    "선생님, 얘기해 주세요…… 예?"

    "귀신 얘기 해 주세요. 집에도 못 가게요."

    "얘 얘, 귀신 얘기가 뭐야? 시시하게. 저…… 선생님 있잖아요?

이 상 석

그 뭐랄까……. 저희들의 심금을 울릴 그런 거……. 첫사랑 얘기라든가……."

"맞다! 선생님, 첫사랑 얘기해 주세요, 첫사랑. 박수!"

교실은 일순 생기를 띠고, 아이들은 자기들의 온화한 감정을 결코 딱딱한 수업으로 뺏길 수 없다는 자세다.

"사실은 나도 수업을 하긴 싫다. 오늘 같은 날은 안 그래도 첫사랑 생각이 나누만……."

교실은 까르르 웃음이 넘치고, 이제 귀를 쫑긋 세워 내 입만 뚫어지게 쳐다본다.

나는 의식적으로라도 나에게서 배우는 아이들에겐 꼭 외할머니 얘길 들려준다. 수업보다 이것이 더욱 필요하리란 생각에서이다. 특히나 도시의 아이들이 가진 정서 세계와는 전혀 다른 이야기이겠기 때문이다.

"너희들이 김이 좀 새겠지만, 나의 첫사랑은 우리 외할매다. 내가 이 세상에서 가장 사랑하는 사람도 우리 외할매거든. 나는 이렇게 비가 오는 날이거나, 봄빛이 화사한 날이거나, 겨울 저녁 쓸쓸한 노을이 질 때에도 할매 생각이 난단다."

외할매는 젊은 나이에 홀로 되셔서 딸 하나를 데리고 사셨다.

외할아버지는 늘 집을 비우시고, 상해로 만주로 떠돌아다니셨다는 것밖에 모른다. 유일하게 남아 있는 모습은 파고다 공원에서 백범 김구를 옹위하듯 하고 여러 분이 찍은 사진 한 장뿐이다.

외할머니는 죽으나 사나 베틀에 매여 있었고, 바람처럼 다녀가는 남편이 무엇을 하는지 알려고도 않으시고, 딸 하나와 시어머니 봉양에 앞니가 몽그라지도록 베만 짜셨다 한다. 할머니는 그 때의 가난이나 고생은 잘 이야기해 주지 않으셨다. 생각만 해도 몸서리쳐져서 그랬을까? 고생한 기억은 쉬 잊혀져서 그랬을까? 딸을 시집 보낼 때 썼던 봉개에는 어느 구석에 무얼 넣고, 또 무얼 넣고, 고기는 어찌 해서 넣고, 엿 상자는 어땠고, 하나 빠짐없이 지금 막 다시 싸듯 또르르 꿰고 있어서 우리를 놀라게 하지만, 젊은 당시 얘기는 억세게 배가 고팠다는 것밖에 말 안 하셨다.

딸의 혼사가 정해지고 얼마 안 있어 외할아버지는 대구 어느 곳에서 숨을 거두셨고, 굳은 몸으로 집에 들르셨다가 땅으로 돌아가셨다. 계실 때에도 집안 살림에 도움을 주지 않으신 분이었지만, 돌아가신 뒤로는 집안이 더욱 곤궁해졌으리라. 그래도 억척이신 외할머니는 대구 도매상에서 내의 등속을 떼어다가 장날이면 전을 벌이고 변함없이 베를 짜는 것으로, 웬만큼은 가계를 꾸릴 수 있었다.

이 상 석

딸을 출가시키고 홀로 계시던 외할머니는 외손자를 낳았다는 소식에 좋아서 부엌에 갔다가 방에 갔다가, 빨랫거리를 쥐었다 놓았다, 정신이 없더란다. 젖을 떼고, 제법 이 말 저 말로 어른들의 귀여운 노리개가 될 때부터 나는 외할매 손에서 자랐다.

너댓 살 때 일이 기억난다. 장날이면 할매는 일찍부터 받아 둔 빗물에 머리를 감으시고, 아주깨(아주까리) 기름을 발라 참빗으로 긴 머리채를 한 올도 빠짐없이 정성껏 빗어 내리신다. 몇 번이고 빗어 내린 머리를 노끈으로 불끈 묶고, 묶은 끈은 오그당한 이빨로 앙문 채 쪽을 져 비녀를 찌르고 나면, 햇빛에 반짝거리는 머릿결을 난 꼭 한 번씩 쓰다듬어 보았다.

"아이구, 내 강생이. 오늘은 할매하고 장에 가재이. 햇살 달거든 읍내 가재이."

아, 그 겨울 햇살이 들판에 가득한데, 서리가 녹아 꼽꼽해진 땅을 밟고 난 할매를 따라나섰다. 까치의 날렵한 날갯짓도 좋았고, 벼 그루터기만 남은 논에서 썰매를 지치는 아이들도 신났고, 누런 코를 빼물고 신명나게 동트레를 돌리고 노는 애들도 즐거웠다. 시오 리가 넘는 읍내 길을 할매는 장보퉁이를 이고 걸으셨다.

장터 귀서리에 전을 펴면 어느덧 해는 중천에 있고, 색색깔의 내의들 위로 쏟아지는 햇살이 그렇게 포근할 수가 없었다. 아이들

의 내의는 색색의 줄무늬가 쪼록쪼록하고, 어른들의 나일론 잠옷
도 줄무늬였다. 나는 꼭 햇살이 빚어 낸 무지개가 어른거리는 착
각에 빠지기도 했다. 그 포근한 햇발에 나는 뒤굴뒤굴 옷 위에 누
워 버린다.

"아이고, 이 북살할 놈. 팔 옷에다가 이래 누우면 우짜노?"

"할매, 한 번만 더 구불고 안 구부께."

연해 할매는 손자가 살가워서 엉덩이를 토닥거리며

"아이고, 내 강생이. 옥골선풍이다. 이 귀때기는 영판 저거 외할
배구나."

하신다.

장터를 돌아다니며 보는 풍경은 온통 잔치요, 경이였다. 무엇
하나 정지된 것이 없었다. 온 읍내가 살아서 펄떡거리는 것 같
다. 국밥집의 이글거리는 가마솥, 건어물 파는 아저씨의 걸걸한
목소리, 담뱃대·은장도·집게칼·망건·안경 주머니 등속을 파
는 할아버지의 모습, 대장간에서 쇠를 치는 깡마른 아저씨의 불끈
거리는 팔뚝, 그리고 온통 와자한 사람, 사람들의 소리가 그렇게
신명날 수가 없었다. 해가 뉘엿해지면 장보퉁이를 챙겨 큰 것은
짐꾼에게 맡기고, 작은 것은 할매가 인다. 꺼먼 복면에 어깨에 비
껴 찬 칼이 내 어깨를 들썩이게 하던 딱지를 보물처럼 싸 쥐고 할

매를 따라 일어선다. 간갈치 한 손, 김 한 톳 사서 들고 장터를 빠져나오면 이미 땅거미가 지기 시작하여 대기는 회빛으로 썰렁한 바람이 가득하다. 언 땅을 밟고 가노라면 고무신은 삐죽삐죽 벗겨지고, 같이 가던 장꾼들도 이리저리 흩어지고 나면, 해는 꼴깍 저물어 효자(孝子) 비각(碑閣)이 으시시해진다.

"할매, 춥다. 업어 도."

"내 강생이가 얼매나 춥겠노. 오냐, 업혀라."

장보퉁이를 이고도 나를 업은 채 할매는 잘도 걸으셨다.

"석아, 할매 팔이 아파 우짜꼬."

"할매, 조금만 가다가 내리께."

할매의 포근한 등에서 조속조속 졸다가 깜북 잠이 들었다 깨면 어느덧 동네 어귀에 들어서곤 했다.

깜깜한 방에 호롱불을 켜고, 군불을 지피고, 오랜만에 맛보는 갈치 반찬으로 늦은 시간 조손(祖孫)이 머리 맞대고 저녁을 먹는다. 밥을 먹다가 문득 할매의 골 파인 얼굴을 보면 왠지 서글퍼지곤 했다. 할매가 돌아누운 채 잠이 들면 그 막막한 어둠과 집 안 구석구석 밴 허무의 냄새(그 때의 냄새를 이렇게밖에 표현할 수가 없다)가 눈물 나도록 서글펐다.

할매가 혼자 장에 간 날에는 그 허무의 냄새는 참으로 진하게 나를 못살게 굴었다. 아무도 없는 빈 집, 마당 구석 두엄더미를 헤치고 있는 닭 몇 마리, 앙상한 감나무, 먼지 낀 장독대, 휑한 부엌, 마루 끝의 햇살……. 모두가 말이 없다. 텅 빈 정적이요, 허무다. 가마솥에 안쳐 둔 고구마 몇 뿌리 내어다가 목 막히게 먹고 나도 정적은 그대로고, 가끔 지나는 소달구지의 요령 소리도 정적이다. 할매는 언제 올란공? 동구가 내다뵈는 짚단 속에 파묻혀 할매를 기다리고 있노라면 저쪽 하늘로부터 멍석을 말듯 가갈가갈 떼지어 오는 갈가마귀 떼. 목고개가 아프도록 까만 무리의 갈가마귀를 바라보노라면 왠지 눈물이 났다.

"휘우야! 휘우야! 내 좃 물고 가거라."

동네 청년들이 들판에서 일을 하다가 누렇고 깡마른 얼굴로 갈가마귀에게 지르는 소리를 나는 뜻도 모르고 그렇게 들었다.

코를 닦아 뻣뻣해진 소매로 눈물을 닦고, 꼬챙이로 땅바닥에 내 이름도 써 보고, 1, 2, 3, 4도 써 보고, 언 손을 호호 녹이다가 까맣게 때 낀 손을 부끄러워하며 시간을 보내도 할매는 오지 않았다.

'저 사람이 울 할맨가…….' 하고 보면 아랫말로 내려가고, '저 사람이 울 할매제…….' 싶으면 감골 골짝으로 올라가고, 끝내는 "할매야……." 소리 한 번 내어 보면 그만 목이 메어 목젖이 따갑게 내려앉곤 했다. 그럴 때 느끼던 그 아픔이 고독이었을까, 허무였을까……. 나는 커서 그것을 막연히 허무의 냄새로 명명해 버렸다.

나이가 좀 들고부터는 할머니가 곧 돌아가시지나 않을까 하는
것이 나에겐 가장 큰 걱정거리였다.

"석아, 너는 커서 누하고 살래?"

"할매하고."

"아이다. 할매는 네가 크면 저기 북망산에 가 있을 게다. 너는
니 각시하고 살아야지……. 나무관셈……."

"할매, 할매 아프면 내가 부산 큰 병원에 데려다 줄게. 내가 배
도 사다 줄게. (내가 앓아 누웠을 때 깎아 준 배 맛이 얼마나 시원
했던지…….) 나는 할매하고만 살 거다."

나는 할매만 살릴 수 있다면 저기 제일 무서운 공동 묘지에도
갈 수 있겠다고 생각했다. 죽음은 절대 안 된다. 안 되고말고.

할매와 나는 하나가 되어 갔다. 나도 애늙은이가 되어 버린 것
이다. 할매가 없는 세상은 상상할 수가 없었다. 할매가 없는 공간
은 내게 완전한 정적이요 허무였다. 어쩌면 할매의 모습이 바로
허무였는지 모른다.

초등학교에 들 무렵, 할매와 떨어져 부산으로 오지 않으면 안
되었다. 할매는 읍내가 내다보이는 고갯길까지 따라나왔다. 당산

나무 아래서 나는 발걸음을 뗄 수가 없었다. 데리고 가는 엄마도 할매도 나도 울었다.

"고마 가거라. 차 늦을라."

할매가 먼저 돌아섰다. 내가 여기를 떠나면 할매는 혼자 남는데……. 할매 혼자 그 빈 집에서 누하고 살꼬? 간혹 소쿠리 장수도 자고 가고, 먼 친척 할매도 와서 자고 가긴 하지만, 할매 혼자 우째 살겠노……. 돌아다보니 할매는 우리를 보고 계셨다. 돌아돌아보며 부산으로 왔다.

할매가 떡 해 이고 우리 집에 오시는 날이 나에겐 가장 큰 기쁨이었다. 학교를 파하자마자 뒤도 안 보고 달려와서 할매 무릎에 엎어진다.

"할매, 이박(이야기) 하나 해 주까. 학교서 비았다(배웠다)."

"온냐. 내 새끼……."

"할매. 언제 촌에 갈 거고?"

"와? 할매 있으니 귀찮나?"

"아니다, 아니다. 더 많이 있다가 가라꼬."

학교에서 달려와 보면 할매가 없다. 어디 갔노? 가셨단다. 아, 그 때의 슬픔이란. 오늘 안 간다고 안 그랬나? 엄마에게 패악을 부리며 이불을 뒤집어쓰고 하염없이 울었다. 간혹 엄마도 내 옆에

이 상 석

누워 같이 울었다.

방학이 시작되면 다음 날로 곧 할매한테 갔다. 떨어진 감을 소금물에 담가 식혀 두고, 난수밭(텃밭)에 옥수수도 심어 두고, 닭한 마리 고아 먹일 거라고 지나는 장수에게 건삼 몇 뿌리도 사 두고, 미숫가루도 해 두고, 오직 할매는 이 방학을 위해 아마 봄부터 준비를 하셨을 게다.

중학교 2학년 때였다. 내일 수학여행을 간다고 들떠서 집으로 왔는데, 할머니가 와 계셨다. 난 수학여행을 포기했다. 사흘을 여행 갔다 오면 할매하고 있을 시간이 그만큼 줄기 때문이다. 방학도 아닌 때 온종일 할매하고 있는 게 얼마나 큰 횡재인데, 여행을 가?

나이가 들면서는 친구들하고 있기가 좋아서 차츰 할매와 있는 시간이 줄었다. 그러다가도 비가 오거나 찬바람이 많은 날은 할매에게 편지를 썼다. 그 칠흑의 밤에 혼자 누워 빗소리 듣고 계실 할매는 고독이다. 절망이다. 허무다. 할매는 언제나 답장을 해 주셨다. 난 그 편지를 읽지 못했다. 줄줄이 달아 쓴 내간체 글씨를 읽어 낼 수 없었다. 엄마가 읽어 준다. 또 운다. 외할머니는 문장가였다. 옛 사람들의 상투적인 문구는 전혀 없다. "셕아 보아라."로 시작되는 글은 늘 새로웠다. 동네 혼사가 있으면 안사돈끼리 주고받는 사돈지를 할매가 늘 대필해 주었다. 그런 날은 아침 일찍 일어나 개다리소반에 한지를 올려 두고 내게 먹을 갈라고 하셨다.

내가 군에 가 있을 때다. 훈련병 시절엔 주소를 암호로 쓴다. 내가 있던 소대의 주소는 '지리산 중대 낙타 소대'였다. 물론 제일 먼저 할머니께 편지를 썼다. 답이 왔다.

"아이고, 옥골선풍 내 손자야. 니가 지리산에 있다 하니 그기 무슨 일고, 낙타를 타고 다닌다니 그런 일도 다 있나⋯⋯."

이 때쯤엔 나도 할머니의 글씨를 읽을 수 있었다. 온 소대원이 배를 잡고 웃었다. 그래도 할머니께 편지 받은 사람은 나뿐이었다.

우리 집은 가세가 펴일 날이 없었다. 내가 제대를 할 즈음에는 더욱 난감했다. 할머니 연세가 이젠 너무 많으신데도 집으로 모실 형편도 안 되고, 그래도 같이 있자면 사위와 한방 거처를 해야 하는데 서로가 불편해서 안 된다고 할매는 끝내 시골 집을 지키겠다고 하셨다. 내가 졸업을 하고 교편을 잡자, 형편이 그나마 조금씩 풀리기 시작했다. 결혼도 했다. 할매 말대로 각시하고 사는 게 마음 아팠다. 여동생도 교편을 잡았다. 아내도 보건소에서 근무하고 있었다. 2층 독채를 전세 낼 정도가 되었다. 이제 곧 할머니를 모실 수 있겠구나 싶었다.

하루는 밤 열두 시가 다 된 시간에 고향에 계시는 큰아버지께서 다급한 걸음으로 오셨다. 그것도 택시를 대절 내어 달려오셨으니…….

"석아, 차 타거라. 너희 외조모가 별세하셨지 싶다."

절벽으로 내던지는 말씀이다. 눈앞이 번쩍하더니 정신이 아뜩하다. 온몸에 빈틈없이 꽂히는 탱자 가시, 목이 탁 막혔다. 혀가 굳었다. 할매, 할매……. 차가 부산을 벗어날 즈음에야 정신을 조금 수습했다. 엄마는 온몸이 굳은 채 말이 없었다. 내가 할 수 있는 일은 온 정성을 다해 비는 일뿐이었다.

"하느님, 내가 우리 할매를 얼마나 사랑하는지 하느님은 아실 겁니다. 외할매에게 바친 사랑이 하나도 진정 아닌 게 없었습니다. 이제 내가 할머님을 모실 때가 되었는데, 이렇게 거두어 가신다면 이건 너무하신 일입니다. 너무나 너무하신 일입니다. 천보만보 양보해서 임종이라도 지켜보게 해 주이소. 빕니다. 빕니다. 빕니다."

손을 모아 쥐고 일념으로 기도를 할 수밖에 없었다.

"한 번만 살려 주시오……."

할매는 까무룩한 부엌에서 저녁밥을 해 들고 마루로 나오다가 그만 모로 쓰러지신 것이다. 누구 하나 보는 이 없는 집에서 축담에 쓰러져 죽음을 맞으신 것이다. 마침 앞집 신반댁이,

"못골댁이 밥이나 해 묵나 우짜노?"

하고 들어서다가 할머니가 넘어져 계신 것을 발견하고,

"아이구, 동네 사람들아. 못골댁이 죽는다. 아이구, 이 사람들 아……."

동네 사람들이 모여들고, 약국에 연락하고, 수족을 주무르고 해도 입술은 새파래져 갔다는 것이다.

"이 일을 우짜노? 부산 있는 딸네 집에 연락을 해얄 긴데. 누구 모르나?"

"딸네 집은 몰라도 사가(사돈집)가 저 건네 안 있나. 거기라도 연락해라."

"동식이가 오토바이 타고 좀 갔다 오너라."

약국에서 약사가 왔지만(그 근동에는 병원이 없었다), 눈 한 번 뒤집어 보고, 고개 쩔래쩔래 흔들고는 주사 한 대 놔 주고 가 버렸다.

"내가 동식이 연락을 받고 바로 읍에 나와 택시로 왔건마는 졸도하신 지가 대여섯 시간 지났으니……. 임종이라도 봐야 할 텐데……."

택시 안은 깊디깊은 바닷속이다. 자꾸 물 속으로 가라앉는 것 같았다.

할매와 타박타박 걸어서 읍내 장에 가던 길, 할매 등에 업혀 조속조속 졸며 가던 길, 할매와 헤어지며 울며울며 뒤돌아보던 당산

나무……. 덜컹거리던 차가 동네 어귀로 들어설 때 그냥 거기서 멎었으면 싶었다. 동네 사람들이 마당 밖에까지 오게오게 모여 서 있었다.

"아이고, 못골댁아. 그렇기 귀한 위손자(외손자) 온다. 끌끌, 천하에 없는 위손자 온다."

마당으로 들어섰다. 사람들 사이로 들어서 마루를 보니, 아! 이게 웬일인가? 이게 생신가 꿈인가? 이게 어떻게 된 일인가?

할머니가, 할머니가 마루에 오도마니 앉아 계시지 않은가? 이불을 내어 싸 덮고, 신반댁이 홍시를 숟가락으로 떠 먹이고 있었다.

"할매, 이기 우얀 일고……."

할매는 묵묵부답이었다. 그래도 이렇게 살아 숨쉬고 계시지 않은가? 손도 따뜻하고, 눈도 껌벅거리고, 입도 달싹이지 않는가?

"동네 어르신들, 고맙습니다. 참말로 고맙습니다."

난 넙죽넙죽 절을 해 대었다. 눈물로 범벅이 되어…….

"쯧쯧……. 저만한 외손자 없지 그리. 세상에 친손자라도 저럴라? 못골댁이 인자 한 없다. 외손자 왔으니 한 없다."

뒤에 안 얘기지만, 동식이 그 사람이 큰댁으로 연락하러 간 뒤 동네가 와자하자, 어울댁(동식이란 사람이 어울댁 큰아들이었다) 사랑에 와 있던 바깥 손님이 뭐냐고 물었단다.

"우리 동네 불쌍한 노인이 오늘 밤 명 끊는가 보오. 고혈압으로 자빠졌다는데……."

"어허 그 안됐다. 바깥 사람이면 내가 침이라도 찔러 볼 텐데……."

"안사람이면 어떻소? 한번 찔러 보지요."

할머니의 머리와 인중을 대침으로 땄단다. 피가 나더란다.

"됐소. 살겠소. 사람을 영 죽일 뻔했구먼."

얼마 안 있어 할매의 새파랗던 입술이 돌아오고, 눈도 떴단다. 기적이었다. (그 노인을 찾아 인사도 드릴 경황도 없이 다음 날 일찍 떠나 버리셨단다. 그분 앞에 축복 있기를…….)

다음 날, 앰뷸런스를 불러 할머니를 모시고 부산으로 왔다. 가재 도구래야 별것도 없었지만, 동네 사람들께 이것저것 주어 버리고 생전에 아끼던 고리짝 한 짝 챙겨서 아주 그 집을 떠나 왔다. 모시려면 이렇게 쉽게 모실 것을 이래저래 재다가 이 꼴을 당하고야 말았구나. 엄마는 또 하염없는 눈물이다. 할머니의 한쪽 수족은 완전히 굳어 버렸다. 중풍이었다. 말도 잘 못 알아들으셨다. 답답하여 앙가슴에 돌이 들어앉았다. 그 맑은 정신으로 "아이구, 내 새끼. 옥골선풍 내 새끼." 하는 말이 듣고 싶었다.

경북 영천 읍내에 중풍에 용한 의원이 있다고 했다. 일요일 새

이 상 석

벽에 목욕탕에 가서 일부러 찬물만으로 목욕을 했다.

"하느님예, 제가 지금 목욕 재계합니다. 오로지 우리 외할매 살릴 일념으로 오늘 약을 지으러 갑니다. 약 효험 있도록 도와주이소."

버스를 타고도 옆자리에 눈 한번 안 돌리고 똑바로 곧추 앉아 눈을 감았다. 사심 없는 마음으로 기도가 약에 배도록 조심조심 영천으로 갔다. 한의원도 아닌 약재상 비슷한 곳이었다. 그래도 방 안엔 약장 서랍이 가득했다. 노인에게 정성으로 절을 올렸다.

"저희 외할매가 이러이러해서 누워 계십니다. 목욕 재계하고 찾아왔습니다. 외할매를 좀 살려 주이소."

그 어른은 신통하게 나를 바라보았다.

"요새 젊은이가 아니구만요. 내 약 지어 드리리다."

돈을 받지 않겠다고 했다. 이렇게 지극 정성 효손을 본 것만도 약값 했다고 했다.

"황계를 넣어서 달여 드리시오."

닭집에 가서도 정갈히 잡아 달라고 했다. 약 할 닭은 피가 튀면 안 된다고 아낙은 남편에게 몇 번이나 주의를 주었다.

"엄마, 약을 짓기는 내가 지었지만, 달이기는 엄마가 달여라. 지극 정성으로 달여 보자."

약을 드신 지 한 달이 지났을까? 또 한 번의 기적이 일어났다. 서서히 풀려 가던 수족이 이제 변소 출입 정도는 마음대로 할 수 있을 정도가 되었고, 농담도 곧잘 받아 주시게 된 것이다.

이리저리 돈을 변통하여 우리도 우리 집을 가지게 되었다. 할머니가 마음놓고 계실 방이 마련되었다. 방 세 칸짜리 아파트도 우리에겐 호강이다. 다 자는 밤, 나 혼자 거실에 나와 앉아 행복에 겨웠다. 아버지, 어머니, 동생들 저 방에 자고, 외할매 저 방에 건강하게 계시고, 아내와 아이들 저 방에 있고, 나는 여기 이렇게 너른 거실에 척하니 앉았으니 이 이상 뭘 바라겠노. 축복이다. 축복이다. 원도 한도 없다.

일요일이면 해운대도 가고, 동물원도 가고, 할매 손을 잡고 훨훨 나는 기분으로 데이트를 했다.

"할마시, 요새는 팔에 힘이 얼매나 있노 보자."

"북살할 놈, 할매를 보고 할마시라 칸다요……. 온냐. 이놈. 팔씨름 한번 해 보자."

이미 기력을 잃은 할매 팔목을 잡으며 가슴 메이기도 했다. 할매와 나는 세상에 더없는 좋은 친구로 살았다. 그것이 3년 동안이었다.

결국 할머닌 다시 쓰러졌다. 말문을 닫은 사흘 동안 행여 한 번이라도 날 알아보실까 잠시도 손을 놓지 않고 지냈다. 입가가 마르면 물수건으로 입술을 닦아 드리며 그 오그당한 이빨을 다시 보았다. 얼굴의 주름 한 올, 손톱 밑의 때 하나까지도 빼지 않고 쓰다듬어 가슴에 새겼다. 살뜰히 살뜰히 할매와의 이별을 준비했다. 더 이상 기적을 바랄 순 없었다. 오히려 이런 이별을 할 수 있게 해 준 신에게 감사했다. 할매는 허공에 대고 자꾸 머리카락 줍는 시늉을 했다. 무슨 헛것이 보였을까? 끝내 나와 눈 한번 마주치지 못하고, 나를 떠나 조용히 숨결을 푸셨다. 5월 24일 아침이었다.

할머니의 속살을 처음이자 마지막으로 보았다. 정갈히 몸을 닦고 생전에 손수 지어 두었던 명주 수의로 고이 쌌다. 회심곡 염불 소리는 할매의 소리였다. 나를 안아 누여 잠재우셨듯, 나를 업고 시오 리 읍내 길을 걸어오셨듯, 이제 할매가 나의 아이가 되어 품에 있었다.

할매야, 울 할매야.

보리가 누렇게 이글거리는 산모롱이를 돌아 초라한 상여가 바람 속에 놓였다. 타오르듯 번쩍이는 보리밭에는 할매의 냄새가 물씬했다. 파란 하늘 아래로 점점이 보이는 외갓댁 동네가 한층 가까이 다가왔다.

"하관 시간 되었다. 준비해라."

"그런데 장모님이 시집 올 때 갖고 오신 사성단자가 빠졌는데, 관 위에 놓으면 될지요……."

"어허, 사성을 손에 쥐고 가야지, 그걸 빠뜨리면 되나. 지금이라도 관을 열어라. 괜찮다. 손에 쥐여 드려야지."

아…… 나는 또 한 번 할매를 볼 수 있었다. 할매가 나를 한 번 더 보시려고 사성을 놓고 떠나셨구나. 바람은 솔잎 사이로 은은한 소리를 내고, 엄마의 곡성은 아득한데, 할매는 보리밭 같은 명주 수의에 싸여 5월의 쏟아지는 햇살 아래 부끄러이 다시 몸을 드러내었다.

"할매, 할매…… 인제는 진짜 마지막인갑다. 할매야, 잘 가재이."

할매는 포근하고 따뜻했다. 그렇게 느껴졌다.

"석아, 그렇게 엎어지는 게 아니다. 일어나거라."

청석돌을 파낸 무덤 자리로 할매는 묻혔다. 아이고 울 할매야. 돌덩이가 목구멍을 가로막아 숨이 잘 쉬어지지 않았다. 할매는 그렇게 내 곁을 떠났다. 아니다. 이제 완전히 나에게로 녹아들었다. 할매를 묻고 내려오니, 보리도 새롭게 일렁이고, 하늘도 더욱 푸르렀다. 무심결에 보릿대궁이 꺾어 삐삐 소리를 내어 보았다.

할매는 다 알 것 같았다. 죽으나 사나 내 사랑이란 걸 다 알았다.

이 상 석

할매, 뒤에 오꾸마. 불현듯 내 몸이 하늘로 훨훨 나는 것 같았다.

　나는 이 이야기를 열두 번도 더 했는데, 할 때마다 눈물이 난다. 듣고 있던 아이들도 손수건을 꺼내 들고 고개를 숙여 버린다. 할머니는 금방 우리와 같이 있게 되는 것이다.
　"너희들, 어떻노? 이만하면 내 첫사랑이 얼마나 아름다운지 알겠제. 나는 할매한테서 인간의 사랑이 어떤 것인지 배웠다. 내 정성의 근간은 바로 우리 할매와의 사랑이지 싶다. 혈육의 정은 본능이긴 하지만, 이것의 바탕 위에 할매와 난 사랑의 탑을 쌓은 것이지 싶다. 사람을 사랑할 때 서로가 이 같은 정성을 기울이면, 그건 아름다움의 극치를 이룬다. 인간의 사랑만큼 아름다운 게 없지……. 그리고 난 너희들을 볼 때마다 우리 할매 생각을 한다. 그래서 이런 시를 썼다."

　　할매야
　　할매만 생각하면 눈물부터 먼저 나노.
　　초라한 상여 뒤따라
　　보리가 이글이글 누렇게 타오르던 산비탈 지나
　　소나무 우거진 산모롱이

생전에 못 잊던 손수 지은 낮은 기와집 내려다보이던 곳

마른 땅 파내어 할매를 묻을 때

할매야

그 때의 숨막히는 애통함을 할매는 알제.

할매를 묻고 돌아 내려올 때

참 이상케도 보리밭 두렁에 앉아

보릿대궁이 꺾어

나는 또 보리피리 불어 보았데이.

온 세상 파란 하늘

할매의 나라 하늘을 보며

눈물도 없이 삘리리

보리피리는 혼자 울었데이.

방학이면 감 삭혀 두고 난수밭에 강냉이 심어

날 기다리던 할매야.

아이구 내 새끼 옥골선풍 내 새끼

엉뎅이 토닥거려 잠 재우던 울 할매.

자식 많던 그 시절 애오라지 딸 하나 두고

가뭄 든 여름날 물꼬를 지키느라

늘대 우는 들판에 밤 새운 억척으로

한 세상 버티어 내면서도

동네 혼사 때면 새벽에 정좌하고

사돈지(紙) 써 주던 울 할매야.

참으로 나는 할매의 사랑으로

이만큼이라도 더운 가슴

지닐 수 있었제.

저승꽃 핀 손으로 선생질 잘 하라고

얼굴 싸안아 주던 울 할매야.

아이들을 볼 때마다 나는 할매의 삶을 얘기해 준다.

'하늘의 절반' 우리의 아이들

지금 이렇게 까르르까르르 예쁘게 웃고만 있는 아이들도

이 땅을 일구고 지키며

할매의 삶을 이어 갈 크나큰 힘인 것을.

이 아이들 스스로 한 세상 꾸려 가는 날까지

내가 받은 할매의 따슨 가슴 물려 줄란다.

언제까지나 이어 올 아이들의 가슴에

외할매 생각

울 할매 같은 마음들이 차곡차곡 쌓여 갈 때
·그것은 할매의 환상이요
사랑의 잔치일 거라.

이 땅이 할매의 사랑으로 가득할 것이면
언제쯤 우리 모두 이 강산 누비는 비구름 되고
흙이 되고 풀이 되어도
우리는 언제나 살아 있을 것이제, 할매.
　　―「외할매 생각」

　어떤 애는 시를 칠판에 써 달라고 한다. 베껴 써서 친구들에게
도 식구들에게도 얘기해 주겠다고 한다.
　다음 날, 학교에 오면 어김없이 내 책상 위엔 아이들의 편지가
몇 통씩 있게 마련이다. 어떤 때에는 아이로부터 시를 전해 받아
읽고 얘기도 들었다며 학부모가 편지를 해 주기도 한다.

　이 선생님!
　시 「외할매 생각」을 읽다가 그만 울어 버렸습니다. 할머님의 신
앙 같은 사랑을 가슴으로 알고 느낄 줄 아는 손자가 과연 몇이나

이 상 석

있을까 하는 생각도 들었습니다. 당연히 그분들의 일이려니, 그분들의 천품이려니만 알고 있겠지요.

시골 가마솥을 데우기 위해 지피던 낙엽 가지들 타는, 매캐하면서도 구수한 냄새가 저와 딸아이의 마음에 타고 있습니다.

언제부터인가 이 땅의 교육이 사람답게 사는 것을 가르치기보다는 사람답지 않게 기르고, 서로 해치며 살아가는 태도를 부추기는 상황 속에서 아직도 우리의 선생님들이 이렇게 넓고 순수하고 아름다운 사랑으로 내 아이들을 자신의 분신처럼 가르친다는 기쁨에 또 한 번 울음이 나옵니다.

5월 중순부터는 단비를 흠뻑 맞아 더욱더 반질반질 윤이 나는 미루나무 잎처럼 마음이 푸르고 상쾌했습니다. 그러다가도 알 수 없는 분노가 치밀어오르는 것은…… 일선에서 가르치는 선생님들의 '소리'를 먼저 들을 줄 알아야 하겠는데, '소리'를 듣기는커녕 오히려…….

그러나 이 선생님!

천직으로 여기시는 교단을, 그리고 이 선생님을 사랑하는 아이들이 선생님을 잃지 않음을 주님께 감사 드립니다.

기쁜 일이 있을 때나 혹은 가슴이 미어지는 아픔이 있을 때에는 엽서나 편지를 쓰고 싶어집니다. 처음이지만 처음 같지 않게 마음을 열어 딸아이의 고운 사랑과 에미의 신뢰하는 마음을 함께 묶어 띄웁니다. 깊게 잠들어 있는 아이의 숨소리는 내일 아침 다시 만날 사랑하는 얼굴들을 꿈꾸겠지요.

보리밭 두렁에 앉아 보릿대궁이 꺾어 보리피리 부는 소년. 알롱달롱 채색 내의의 포근함에 얼굴 대어 보는 시골 장터의 작은 소년. 아이의 꿈 속에 할머님의 사랑과 소년의 천진함이 어우러지는가 봅니다.

여호와의 도움이 이 선생님과 가정에, 그리고 학문 위에 늘 함께하시길 바랍니다.

1986. 5. 28
단비 엄마 드림.

이렇게 하여 난 아이들과의 사랑을 또 한 단 쌓아올린다. 마음과 마음이 사랑 속에 어우러져 있음이 눈에 선히 보인다. 그리고 때때로 이 아이들에게서 우리 할매의 환생을 본다.

이 상 석

김 영 현

(1955~)

경상남도 창녕에서 태어났다.
서울대 철학과를 졸업한 후 웅진출판 초대 편집장을 지냈다.
김영현은 유신시대라는 격동적인 시간에 대학 시절을 보내다 보니
약 10년 동안을 감옥과 군대와 길거리 투쟁 현장에서 보냈으며,
긴급조치9호 위반으로 구속되어 1년 6개월 복역하기도 하였다.
1975년 대학신문 신춘문예에 소설 「닭」이 당선되었고
단편소설 「깊은 강은 멀리 흐른다」를 발표하면서 문단에 들어섰다.
1980년대 문학으로 세상의 한복판에서 싸웠던
대표적인 작가라고 할 만큼 초기에는 시대의 모순과 싸우는
'투사적' 문학을 추구하였다. 그러나 후기에는
인간이 근본적으로 추구해야 할 가치를 찾아나가는
'구도적' 문학의 성격이 더 두드러지는데, 작가 자신은 줄곧
그 두 가지를 동시에 추구해야 한다고 여겨 왔다고 한다.
현재 베트남을 생각하는 젊은 작가들의 모임 회장이며
실천문학 대표이자 명지대 문창과 강사이다.
소설집으로 『깊은 강은 멀리 흐른다』 『그리고 아무 말도 하지
않았다』 『포도나무집 풍경』 『폭설』 『낯선 사람들』 등이 있고,
시집으로 『겨울 바다』 『남해엽서』,
산문집 『서역의 달은 서쪽으로 흘러간다』가 있다.

호박

    우리가 이 곳 쌍문동으로 이사를 온 지도 벌써 1년이 다 되어 간다. 그 전에는 상계동의 스물네 평 주공 아파트에서 살았는데, 복덕방을 하는 후배의 주선으로 이 곳 쌍문동의 스물일곱 평 아파트로 이사를 하였던 것이다. 그는 가격 차이가 얼마 나지 않으니 지금이 가장 적기이며, 앞으로 또 어떻게 될지 모른다는 충고를 해주었다. 그러나 그의 예측과는 달리 1년 전이나 지금이나 이 곳 아파트의 가격은 전혀 변화가 없을뿐더러 다소 떨어지기까지 했다.

    그러나 이 곳으로 이사를 온 것에 대해서는 나뿐만 아니라 집안 식구 누구도 후회를 하고 있지 않다. 아니, 오히려 그 반대다. 복도식 주공 스물네 평에 비해 계단식 스물일곱 평이란 게 마치 하꼬방과 저택의 차이처럼 여겨졌을 뿐만 아니라, 방이 세 개나 되어 하나는 우리 안방으로 쓰고, 하나는 어머니에게 드리고, 그러

김 영 현

고 나서도 하나가 남아 나의 오랜 숙원이었던 서재를 꾸밀 수 있게 되었으니, 그 기쁨을 무엇으로 비교할 수 있겠는가?

그 전에는 거실에다 책장을 쌓아 놓고, 구석에다 책상을 갖다 두었더니 부엌과 연하여 소란하기가 짝이 없었고, 어수선하기가 비할 데가 없어 도무지 집에서 무슨 글을 쓸래도 엄두가 나질 않아 근처의 여인숙, 여관을 전전했다. 그러니 명색이 글쟁이라면서도 작업장 없는 일꾼처럼 늘 불안하기 짝이 없었는데, 이젠 밤늦게까지 뒹굴다가 아침 늦게까지 퍼질러 있어도 누가 뭐라는 사람이 없으니 얼마나 좋은가!

이사 오는 날, 어머니는 현관에다 소금 항아리를 힘껏 깨뜨려 만액을 물리치시고는, 만족한 눈으로 집 구석구석을 돌아보시더니, 눈물이 글썽한 눈으로 우리 부부를 칭찬해 주셨으니, 결혼할 때 아무것도 해 주지 못한 마음이 늘 서운하셨던 모양이었다.

"엄니두, 이만하게 살게 된 것도 모두 엄니께서 애들이래두 봐 주니까, 둘이 직장에 나갈 수 있어 된 게 아니어요?"

그렇게 말하는 아내도 감회가 새로운 모양이었다.

하긴 결혼할 당시, 빈한한 양가의 사정 때문에 단돈 7백만 원짜리 반지하에서 살던 때를 생각하면 참으로 격세지감을 느끼지 않을 수 없을 터였다. 수유리, 장미원 등지로 해마다 바뀌는 전셋집을 전전하며 이사를 하는 동안 첫째와 둘째가 태어났다. 우리가 상계동의 신개발지로 가게 된 것도 순전히 전셋집을 구하러 나갔다가 전세값이나 사는 값이나 같으니, 차라리 이 기회에 집을 하나 장만해 두라는 복덕방 아저씨의 권유에 따른 것이었다. 그의 권유는 정말 시의적절한 것이어서, 그 후 올림픽을 전후해 아파트 값이 천정부지로 치솟는 바람에 우리는 그 때 그 집을 사 두지 않았더라면 평생 집 구경 한번 못 해 보고 말 뻔하였다.

어쨌거나 새 집에 오니 모든 것이 고맙고 고마울 뿐이었다.

어머니는 베란다 쪽 창가에다 벽돌을 쌓고 함지를 두어 작은 연못을 만들었고, 가구의 배치 문제로 아내와 약간 언쟁을 벌이기도 했지만, 모두가 즐거운 싸움이 아니고 무엇이겠는가?

그런데다가 쌍문동 뒤로는 개발 제한 구역이 있어 아직도 야산이 그대로 남아 있었다. 약수터를 끼고 있는 그 야산에는 운동 시설이 되어 있고, 또 근처의 아파트에서 살고 있는 사람들이 다 몰려오는 통에 아침에는 좀 어수선한 감도 없지 않지만, 넓은 아카시아 숲과 멀리 보이는 도봉산의 풍취가 그런 대로 아름다운 그림을 만들어 주고 있었다. 회색 아파트만 촘촘히 들어서 있던 상계동에 비하면 그래도 이만한 여백이라도 있는 게 또한 얼마나 다행스러운지 모르겠다. 집 가까이 연산군 묘도 있고, 몇백 년 묵었다는 커

김 영 현

다란 은행나무도 있어, 나는 머리가 좀 복잡하거나 하면, 혼자서 연산군 묘를 지나 오솔길을 따라서 한 시간 가량 산책을 한다.

그렇게 약 1년을 지냈다. 우리 어머니는 오랫동안 시골에서 살아 온 분이라서 그런지 참으로 부지런하시다. 잠시도 쉬지 않는다. 맞벌이 부부인 우리가 출근을 하고 나면 집안일 하랴 애들 돌보랴 경황이 없을 터인데, 그런 중에도 아파트에서 좀 떨어진 공터를 일구어 농사를 지으시는 것이었다.

그런데 하루는 집에 돌아와 보니, 어머니가 보통 흥분해 있는 것이 아니었다. 터에다 고추 농사를 지어 놓았는데, 누군가가 아직 채 여물지도 않은 고추를 몽땅 따 가 버리고 말았다는 것이었다.

"엄니두, 그걸 가지구서 그래 화가 나셨어요?"

나는 건성으로 이야기를 듣고는 무심코 말했다.

"말이 났으니 말이지, 제발 이젠 그런 일 하지 마세요. 몸도 안 좋으시면서. 고추야 조금 사 먹으면 될 텐데요, 뭘……."

"모르는 소리 마라. 사 먹는 건 사 먹는 거구, 자기가 길러 먹을 수 있는 건 길러서 먹어야 한다. 멀쩡한 땅을 놀려 두란 말이가?"

어머니는 나무라듯이 말했다.

"놀려 두긴 왜 놀려 둬요? 거기도 임자가 있는 땅일 텐데……."

나는 대수롭지 않게 받아넘겼다. 사실 노는 땅에 채소를 가꾸어 먹는 일이 그렇게 허물은 아니 되리라 생각하면서도, 혹시나 땅 임자와 시비가 붙기라도 하면 어떡하나 늘 조마조마했던 것이었다.

사실 그렇게 지은 농사라는 게 별것일 리가 없어 돈으로 따지자면 단돈 몇백 원, 많아 봤자 기천 원에 지나지 않을 것이었다. 내계산으로는 그 정도의 노력을 들여서 그만한 가격의 소득을 얻기보다는 차라리 집 안에서 좀 편하게 지내시는 게 더 나을 거라는 느낌이 들었다. 그 조그만 농사를 짓느라 어머니는 아침 일찍이 그곳에 나가서 일을 하실 뿐만 아니라, 늘 크고 작은 시비에 싸이곤 했기 때문이었다.

그러나 이 곳 쌍문동으로 이사를 와서 어머니를 가장 신명나게 해 준 것은 바로 그 농사였다. 어머니는 마치 예전에 시골에서 살았던 기분을 한껏 내어 보기라도 하는 것처럼 그 보잘것없는 농사일에, 그걸 두고 농사라고 부르기조차 민망한 노릇이지만, 매달리셨고, 아내나 나나 그런 어머니에게 약간은 불만을 가지고 있었다. 사실 어머니가 농사일에 열중하는 만큼 집안의 일은 소홀한 측면이 있었고, 또 과로 때문에 몸살을 앓는 일도 있어 이만저만 신경이 쓰이는 게 아니었다. 그럴 뿐만 아니라, 어느 날은 그 하잘것없는 농사일 때문에 아이를 잃어버려서 난리법석을 떤 일도 있었다.

"엄니, 이제 제발 그만두세요. 그러지 않으려면 시골 형님댁으

김 영 현

로 가시든지요."

나는 약간 화가 난 목소리로 말했다. 그러나 그 말을 하고 난 다음, 나는 곧 후회를 하였다. 어머니의 얼굴에 스치는 섭섭함과 허전함이 왠지 나의 가슴속을 울렸기 때문이다.

"그래, 하지만 이왕에 짓던 거야 우짜겠노? 그리고 하루 종일 노인정에서 화투나 두드리고 있는 것보다야 낫지."

하긴 그런 점은 나도 동의하는 바였다. 그러나 나는 어머니의 몸 속 깊이 배인 흙에 대한, 혹은 식물에 대한 느낌을 이해하기보다는 보다 실리적인 부분에 중점을 두고 생각했고, 그런 점은 아내도 마찬가지였다. 말하자면, 은연중에 우리의 이기적인 계산이 생각의 밑바탕에 깔려 있었는지도 몰랐다.

어머니는 그 곳에 구덩이를 파고 호박도 심으셨다. 호박은 원래 거름을 듬뿍 주어야 하는 식물이 아닌가? 어느 날, 어머니가 약간 겸연쩍은 웃음을 지으면서 말씀하셨다.

"하두 비실거리는 놈이 있길래, 내가 오줌을 살짝 뉘 줏제. 그런께 이놈이 아주 싱싱하게 자라 나오지 뭔가. 고맙게시리……."

과연 산책을 나가는 길에 슬쩍 보니 호박 넝쿨이 마구 뻗어 가는 끝에 잎이 무성하게 뒤덮고 있었고, 그 사이에 수줍은 듯 밝은 노란빛 호박꽃이 피어 나오고 있었다. 어머니는 더욱 열심히 호박을 돌보셨고, 마침내 여름에는 된장에다 어머니가 지으신 애호박을 넣어서 먹을 수가 있었다. 그 때만은 아내나 나나 어머니의 소출에 대해 칭찬을 해 드리지 않을 수가 없었다. 어머니는 호박잎을 뜯어서 밥솥에다 찐 다음 쌈을 싸서 주셨는데, 그것은 마치 오랜 고향의 냄새가 담겨 있는 느낌을 주었다.

내가 쌍문동으로 이사를 와서 감사를 드리는 일이 서재를 가질 수 있었다는 점도 있었지만, 어머니가 그렇게 작은 농사를 지을 수 있는 공터가 하나 가까이 있다는 점이 더 크다는 것을 이제 고백하지 않을 수가 없었다. 어머니가 손수 가꾸신 식물을 먹는다는 즐거움과 행복을……

그러나 그 가을이 가기 전에 어머니가 돌아가셨다. 그리고 그 공터에는 나도 아내도 가 보지 않았다. 그 곁을 지나갈 땐 마음속으로 어머니의 손때가 묻어 있는 식물들을 돌보아야겠다고 생각하면서도 바쁘다는 핑계로 늘 지나치고 만다. 사실은 흙에 손을 묻히는 일을 해 보지 못한 탓으로 지레 겁을 먹고 그런지도 몰랐다.

다른 할머니들은 계속 일을 하시는 분도 있었지만, '우리 밭'에는 잡초만 자라고 있었다. 나는 그게 마음이 걸려 그 가을 하루, 일요일을 잡아 공터에 나가 보니 커다란 호박이 다섯 동이나 달려 있는 것이었다. 나는 더 이상 여기에서 농사를 지을 일이 없으리

김 영 현

란 생각을 하면서 호박을 따서 집으로 왔다. 어머니가 오줌을 눠서 가꾼 호박을……. 그것으로 호박죽도 끓여서 이웃과 나누어 먹었고, 떡도 해 먹었다.

공터에 겨울이 왔고, 눈이 내렸다.

그리고 다시 봄이 왔건만, 이제 공터 밭에 대해 특별한 계획을 가지고 있는 사람은 없었다. 나도 그 곁을 그냥 무심코 지나쳐 갈 뿐이었다. 그런데 여름이 올 무렵, 오래간만에 산책을 나가면서 보니까, 호박 덩굴이 풍성하게 뻗어 간 끝에 넓직한 호박 잎사귀가 뒤덮고 있고, 그 사이사이에 노오란 호박꽃이 탐스럽게 열려 있는 것이 아닌가! 순간 나는 어머니에 대한 추억과 그리움으로 가슴속이 사무쳐 오는 것을 느꼈다. 아침마다 일찍이 흙삽 하나와 대야 하나를 들고 나가시던 그 모습과 함께…….

그런데 채 여름도 가기 전에 그 공터를 빙 돌아 울타리가 세워지는 것이 아닌가! 그리고 그 울타리 한쪽에 커다란 입간판이 세워지고, 그 곳에는 큼직한 건물의 조감도와 함께 '아무 플라자 신축 부지' 안내 그림이 그려져 있었다. 나는 갑자기 당황스런 기분이 들었다. 하긴 임자가 있는 땅이니만큼 땅 임자가 무슨 일을 하든 자유겠지만, 어쩐지 쓸쓸한 배신감까지 드는 것이었다. 뭐랄까, 어머니에 대한 추억을 앗기는 듯한…….

그러고 나서 얼마 후, 커다란 외팔을 휘두르는 포크레인이 그 공터를 헤집어 대기 시작했다. 무심한 포크레인의 발톱은 이제 막 푸른 잎새를 한껏 펼치면서 소담한 애호박을 달기 시작하는 호박 넝쿨쯤은 아무것도 아니라는 듯이 그것마저 마구 긁어서 길가에다 내팽개쳐 버렸다.

　　이제 얼마 후면, 그 곳에는 수영장과 오락실, 쇼핑 센터가 들어 있는 멋있는 현대식 건물이 나타날 것이다. 도시인의 편리함과 안락함을 위하여……. 그리고 아무도 그 곳에 예전에 어떤 노인이 어린애들을 데리고 호박 농사를 짓던 곳이라는 것을 상상하지 못할 것이다.

　　나는 갑자기 이 곳 쌍문동이 싫어지기 시작했다. 아니, 아니, 이런 도시가, 이런 서울이 싫어지기 시작했다.

　　나는 요즘 비로소 슬픔이란 게 어떤 것인지 조금씩 알아차리기 시작하고 있다. 시멘트에 한번 묻히면 결코 돌아오지 않는 어떤 시간에 대한 아픔 같은 것을……. 어머니에 대한 추억조차도 인정치 않으려는 듯한 이 완고한 문명과 개발이란 괴물에 대하여……. 그리고 동시에 인간은 과연 무엇을 위해 살아야 하는 것인가 하는 궁극적인 물음에 종종 사로잡히는 것이다.

신 영 복

(1941~)

경상남도 밀양에서 태어나 서울대 경제학과와 같은 학교 대학원을
졸업했다. 숙명여대 강사를 거쳐 육군사관학교 교관으로 있던 중
1968년 '통일혁명당 사건'으로 구속되어 무기징역형을 선고받고
20년 복역하다가 1988년 8·15 특별가석방으로 출소했다.
1989년부터 성공회대에서 정치경제학, 중국고전 강독을 강의해 왔으며,
1998년 출소 10년 만에 사면 복권된 후 정식 교수로 재직 중이다.
1976년부터 1988년까지 감옥에서 쓴 글을 묶은 『감옥으로부터의 사색』은
긴 수형 생활 속에서 제수, 형수, 부모님에게 휴지나 봉함엽서에다가
깨알 같은 글씨로 보낸 편지를 엮은 것으로 신영복을 '국민 저자'로 만든
역작이다. 작은 것에 대한 소중함, 수형 생활 안에서 겪은 크고 작은 일들과
단상, 가족에 대한 절절한 사랑이 정감 어린 글로 그려져 있는 이 산문집은
큰 고통 속에 있는 인간이 가슴 깊은 곳에서 길어 올린 진솔함으로 가득하며,
한편 한편이 주옥같은 명상록으로 평가될 만큼 깊이가 있다.
그는 여러 편의 산문에서 사람들 사이의 관계는 사장한 채 상품미학에
매몰되어 있는 자본주의의 껍데기 문화를 통렬히 비판하였다. 또한 진정한
지식과 정보는 오직 사랑과 봉사를 통해서만 얻을 수 있으며 사람과의
관계 속에서 서서히 성장하는 것이라면서 정보와 가상공간에 지나치게
매달리는 신세대 문화에 대해서도 우려를 표해 왔다.
저서로 『손잡고 더불어』 『나무가 나무에게』 『강의 : 나의 동양고전 독법』
등이 있으며 다이호우잉의 소설 『사람아 아! 사람아』를 우리말로 옮겼다.
모두가 함께 희망의 숲을 일구어 가자는 모임을 홈페이지
'더불어숲'(http://www.shinyoungbok.co.kr)을 통해서 꾸려 나가고 있다.

청구회의 추억

가난한 꼬마들과의 첫 만남

1966년 이른 봄철에 서울대학교 문학회의 초대를 받고 회원 20여 명과 함께 서오릉으로 한나절의 답청놀이(?)에 섞이게 되었다.

불광동 시내 버스 종점에서 서오릉까지는 걸어서 한 시간 가량 걸리는 길이다. 우리는 이 길을 삼삼오오 이야기들을 나누며 걸었다. 나도 4, 5인이 한 덩어리가 되어 학생들의 질문에 가볍게 대꾸하며 교회의 조춘(早春)에 전신을 풀어 헤치고, 민들레 씨만큼이나 가벼운 마음으로 걷고 있었는데, 우리 일행과 앞서거니 뒤서거니 하며 같은 방향으로 걸어가고 있는 여섯 명의 꼬마 한 덩어리를 뒤늦게야 깨닫게 되었다. 만일 이 꼬마들이 똑같은 교복이나 무슨 제복 같은 것을 입고 있었거나 조금이라도 더 똑똑한 옷차림을 하고 있었더라면, 나는 좀더 일찍 이 동행인들을 알아차렸을 것이다.

여남은 살의 이 아이들은 한마디로 주변의 시골 풍경과 소달구지의 바퀴 자국이 두 줄로 패어 있는 그 시골길에 흡사하게도 어울리는 차림들이었다. 모표도 달리지 않은 중학교 학생모를 쓴 녀석 하나, 흰 운동 모자를 쓴 녀석이 또 한 녀석 있었던 것으로 기억하는데, 그 운동 모자는 여러 번 빨래한 것으로, 앞차양 속의 종이가 몇 군데로 밀리어 모아져 있어서 차양의 모양이 원형과 사뭇 다른 것일 뿐만 아니라, 이마 위로 힘없이 처져 버린 그런 운동 모자인데, 그나마 흙때가 새하얗게 뜨이지도 않는 것이었다.

그 중에서 가장 나의 시선을 붙잡은 것은 털실로 짠 스웨터였다. 못쓰게 낡아 버린 털실 옷의 성한 부분을 실로 풀어서 그 실로 다시 짠 것이었다. 색깔도 무질서할 뿐만 아니라, 몸통의 색깔과 양팔의 색깔이 같지 않고, 양팔 부분도 팔굽 아래를 다시 달아 낸 것 같은 털 스웨터의 녀석은 그래도 머리에 무슨 모자 비슷한 것을 뒤집어쓰기까지 했다.

나는 이 똑똑지 못한 옷차림의 꼬마들에 대하여 '춘궁(春窮)'의 냄새 같은 안쓰런 느낌을 가졌던 것같이 기억된다. 자주 우리들을 할끔할끔 돌아다보는 것이 자기들끼리는 별로 몰두할 만한 이야기도 없는 듯하였다. 처음에는 서오릉 근처의 시골 아이들이 제

집으로 돌아가나 보다 하고는 아무렇지도 않게 여겼으나, 시간으로 보아 오전 아홉 시 정도에는 제가끔 제 집들에 있을 시간이라는 생각이 뒤늦게서야 일어났다. 그리고 그 중의 한 녀석이 들고 있는 보자기 속에 냄비의 손잡이가 보였다. 이 여섯 명의 꼬마들도 분명히 우리 일행처럼 서오릉으로 봄 소풍을 가는 것이다.

나는 이 꼬마들의 덩어리에 끼어들어 오늘 하루를 지내고 싶은 생각이 들었다. 나는 내가 속해 있던 문학회 회원들의 덩어리에서 이 꼬마들의 곁으로 걸음을 빨리하였다. 나는 어린이들의 세계에 들어가는 방법을 누구보다도 잘 안다. 중요한 것은 '첫 대화'를 무사히 마치는 일이다. 대화를 주고받았다는 사실은 서로의 거리를 때에 따라서는 몇 년씩이나 당겨 주는 것이다.

그러므로 내가 꼬마들에게 던지는 첫마디는 반드시 대답을 구하는 그리고 대답이 가능한 것이어야 한다. 만일 "얘, 너 이름이 무어냐?"라는 첫마디를 던진다면, 그 꼬마들로서는 우선 대답해 줄 필요를 느끼지 않을 뿐만 아니라, 오히려 놀림의 대상이 되었다는 느낌으로 일정한 간격을 유지하고 뱅글뱅글 돌아가기만 할 뿐, 결코 대화가 이루어지지 않는다. 그러므로 나는 반드시 대답을 해 주어야 하는 질문을, 그리고 어린이들이 가장 예민하게 알아차리는 놀림의 느낌이 전혀 없는 질문을 궁리하여 말을 걸어야 하는 것이다.

이미 이 녀석들은 내가 그들 쪽으로 옮겨 오고 있음을 알고 제법 긴장들을 하고 있었다. 그것은 그들의 걸음걸이가 조금씩 빨라지고, 자주 나를 돌아다보는 것으로 충분히 알 수 있었다. 그래서 나는 그들의 예상을 뒤엎고 그들을 앞질러 버릴 때까지 말을 건네지 않고 걸어갈 수밖에 없었다.

저쪽 산기슭의 양지에는 벌써 진달래가 피어 있었다. 나는 문득 생각난 듯이 꼬마들 쪽으로 돌아서며 "이 길이 서오릉 가는 길이 틀림없지?" 하고 그 첫마디를 던졌다. 이 물음은 그들에게는 전혀 부담이 없는 질문이다. "예." 또는 "아니오."로서 충분한 것이며, 또 그들로 하여금 자선의 기회와 긍지도 아울러 제공해 주는 질문이었다. 그들의 대답은 훨씬 친절한 것으로 나타났다. "네, 맞아요."가 아니라, "네, 일루 곧장 가면 서오릉이에요."였다. 그뿐이랴? "우리도 서오릉엘 가는 길이에요." 하고 반응은 예상보다 훨씬 좋은 것이었다.

씨름판과 꼬마 응원단

재건복의 허술한 옷차림을 한 나에게 그처럼 상당히 친절한 반응을 보여 준 것은, 아마 조금 전까지 나와 같이 걷던 문학회 회원들의 말쑥하고 반반한 생김생김의 덕분이었으리라고 느껴진다.

　여하튼 서로 이야기를 주고받았다는 사실, 이 사실은 그 다음의 대화를 용이하게 해 주게 마련이다. 그러나 우리의 대화가 그 다음 대목에서 뜻밖에 경화되어 버릴 위험은 여전히 존재하는 것이다. 그래서 "버스 종점에서 반쯤 온 셈인가?" 하고 조심스레 물었다.

　"아니오, 반도 채 못 왔어요!"

　"너희들은 서오릉 근처에들 살고 있는 모양이구나."

　"아니오, 문화동에 살아요."

　"그럼 지금 문화동에서 여기까지 오는 길이냐?"

　"네."

　"집으로 돌아가는 길을 잃어버리면 어쩌려구?"

　"호호, 문제없어요."

　이렇게 하여 일단 대화의 입구를 열어 놓은 다음, 더 깊숙이 이 꼬마들의 세계 속으로 발을 들여 놓아야 한다. 신영균과 독고성, 장영철과 김일의 프로 레슬링, 손기정 선수 등의 이야기, 세종대왕, 을지문덕, 이순신 장군에 관하여 때로는 쉽게, 때로는 제법 어렵게 질문하면서, 또 그들의 이야기를 성의 있게 들어 주며 걷는 동안, 우리는 상당히 친숙해질 수 있었다. 그들은 문화동 산기슭의 한 동네에서 살고 있다는 것, 오래 전부터 자기들끼리 놀러 가기로

신 영 복

약속해 왔다는 것, 그래서 벼르고 별러서 각자 왕복 회수권 2장과 일금 10원씩을 준비하고, 점심밥을 먹을 쌀과 찬(다쿠앙뿐이었음)을 여기 보자기에 싸 갖고 간다는 것, 자기들 여섯 명은 무척 친한 사이라는 것 등을 알게 되었다.

내가 너희들 여섯 명의 꼬마 단체에다 이름을 지어 붙이는 것이 좋지 않겠느냐고 제안하였더니, 이미 자기들도 그러한 이름 같은 것을 구상해 놓고 있는데, 아직 결정을 내리지 못하였다는 것이다. 구상 중인 이름으로는 '독수리'와 '맹호 부대'의 둘이 있다는 대답이다. 독수리나 맹호 부대보다 훨씬 그럴듯한 이름 하나를 지어 주겠는가 하고 나한테 물어 왔다. 나는 쾌히 이를 수락하였다. 나와 이 가칭 '독수리' 용사들과의 첫 번 대화는 대체로 성공적이었다고 할 수 있었다. 우리는 어느덧 서오릉에 닿았고, 이제 이 꼬마들과 헤어져서 나는 학생들 틈으로 돌아왔다. 물론 이따가 서로 한 번 더 만나기로 약속해 두었다.

문학회 회원들과 함께 우리 일행은 널찍한 잔디밭에 자리를 잡고 둘러앉아서 점심을 먹고 놀고 있었다. 학생 중의 한 녀석이 잔디밭이 씨름판에 안성맞춤이니 누구 한번 씨름 내기를 해 보자고 서두를 꺼내자, 엉뚱하게도 내가 그 씨름의 상대로 지목이 되었다. 평소에 나한테 구박을 한 번씩은 받은 녀석들이기 때문에, 그들이 나를 일제히 지목하여 곯려 보려는 저의는 잔디밭 위의 봄 소풍 놀이에 썩 잘 어울리는 분위기일 수 있었다. 아마 자꾸 나를 귀찮게 끌어 내리려는 녀석이 권만식이었다고 기억이 되는데, 나는 그 때 우리가 앉은 저쪽 능 옆에서 우리를, 특히 나를 지켜보고 있는 예의 그 여섯 꼬마들의 얼굴을 발견하였다. 이 꼬마들도 나의 곤경을 주시하고 있는 듯한 얼굴이다.

나는 드디어 권 군과의 씨름을 수락하고, 만장의 환호를 받으며 한가운데서 맞붙잡았다. 권 군은 몸집만 컸을 뿐, 씨름에는 문외한임을 당장 알 수 있었다. 나는 연거푸 두 판을 아주 보기 좋게 권 군을 던져 버렸다. 내가 권 군을, 그것도 두 번 계속하여 또 아주 보기 좋게 허리에 얹어 던져 버렸다는 것은 천만 뜻밖의 놀라운 발견이 아닐 수 없었다. 그것뿐이랴, 뒤이어 상대하겠다는 녀석도 보기 좋게 안다리후려치기로 걸어 넘겨 버렸다. 나의 응원단은, 저쪽 능 옆에서 상당히 걱정하였을지도 모르는 그 꼬마 응원단은 분명히 쾌재를 발하였을 것이다. 이 꼬마들은 물론이고, 문학회의 학생들도 나의 숨은 씨름 솜씨를 알 턱이 없었다. 연구실에서 그저 밤낮 책이나 들고 앉아 있는 '선배'로 알려졌던 것이니, 놀라운 발견이 아닐 수 없었다.

신 영 복

진달래 한 묶음의 선물

나는 이제 나의 응원단석(?)으로 개선하고 싶은 생각밖에 없었다. 그래서 꼬마들이 보지 않게 사과와 과자 등속을 싸 가지고 흡사 전리품 실은 개선 장군처럼 우리 꼬마들의 부끄러운 영접을 받았다. 나를 자기들 편 사람으로 간주해 주는 그 녀석들의 칭찬, 그것은 무척 어색하고 서투른 표현에도 불구하고, 가식 없는 표정이었다. 나는 우선 씨름을 가르치는 것에서부터 꼬마들과 어울리기 시작하여 둘씩 둘씩 또 씨름을 시키고 있는데, 저쪽에서 문학회 학생 한 사람이 카메라를 들고 달려와서 기념 촬영을 해 주겠단다. 우리는 능 앞의, 돌로 깎은 무슨 염소같이 생긴 석물(石物) 곁에 섰다. 꼬마들 여섯 명을 그 돌염소 잔등에 나란히 올라앉게 하고, 나는 염소의 머리 쪽에 장군(?)처럼 서서 사진을 찍었다. 그리고 능 뒤쪽의 잔디밭에서 노래를 부르며 내가 싸 가지고 간 과자와 사과를 먹으면서 한참 동안이나 놀고 난 후에 나는 꼬마들과 헤어졌다.

얼마나 지났을까? 내가 문학회 학생들과 둘러앉아 이야기에 열중하고 있는데, 약 30미터 떨어진 저쪽 소나무 옆에서 꼬마들이 서 있음을 알려 주었다. 벌써 집으로 돌아가려는 듯한 차림이었다. 아마 나와 작별 인사를 나누기 위하여 기회를 노리고 있는 참인가 보았다. 내가 그들에게로 뛰어가자, 그들은 이제 돌아가는 길이라고, 그래서 사진이 나오면 한 장 보내 달라는 부탁이었다. 나는 그 녀석들 중에서 중학생 모자를 쓴 조대식 군의 주소를 나의 수첩에 적고, 나의 주소(숙명여대 교수실)를 적어 주었다. 그리고 그 때 그들로부터 한 묶음의 진달래꽃을 선물(?)받았다. 지금도 나의 기억 속에서 가장 밝은 진달래꽃 빛은 항상 이 때에 받았던 진달래꽃이라고 생각하고 있다. 그들은 초등학생답게 일제히 머리를 숙여 인사를 하고(물론 모자도 벗고) 헤어졌다.

가칭 '독수리 부대'이며, 옷차림이 똑똑지 못한 이 가난한 꼬마들과의 가느다란 인연은 이렇게 봄철의 잔디 위에서 진달래처럼 맑은 향기 속에서 이루어졌다. 이 짧은 한나절의 사귐을 나는 나대로의 자그마한 성실을 갖고 이룩한 것이었다. 나와 동행하였던 문학회 학생들은 아마 그 날의 내 행위를 하나의 '장난'으로 가볍게 보았을 것이 사실이며, 또 나의 그러한 일련의 행위 속에 어느 정도의 장난기가 섞여 있었던 것이, 싫기는 하지만, 사실인지도 모른다. 그러나 마지막에 나와 헤어질 때의 일, 진달래 한 묶음을 수줍은 듯 머뭇거리면서 건네주던 그 작은 손, 그리고 일제히 머리를 숙여 인사를 하는 그 작은 어깨와 머리 앞에서 나는 어쩔 수 없이 '선생님'이 아닐 수 없었으며, 선생으로서의 '진실'을 외면할

신 영 복

수는 도저히 없었던 것이다.

이처럼 그 날의 내 행위가 결코 '장난'이 아니었음에도 불구하고, 또 상당히 무구(無垢)한 감명을 받고 헤어졌음에도 불구하고, 나는 곧 그들을 잊고 말았다.

그들을 까맣게 잊고 말았다는 사실, 그것이 그 날의 나의 모든 행위가 실상은 한갓 '장난'에 불과했다는 것을 반증하는 것일 수도 있다.

잊었던 꼬마들로부터의 편지

서오릉 봄 소풍날로부터 약 15일이 지난 어느 날, 숙명여대의 교수실에서 강의 시작 시간을 기다리고 앉아 있는 나에게 정외과의 조교가 세 통의 편지를 갖고 왔다. 편지를 주면서 "참 재미있는 편지 같아요."라는 웃음 섞인 말을 던지고, 내가 편지를 개봉하면 어깨너머로라도 좀 보고자 하는 양으로 떠나지 않는다. 그 조교가 '참 재미있는 편지' 같다고 한 이유는 겉봉에 쓴 글씨가 무척 서투른 솜씨여서 시골 초등학교의 어느 어린이로부터 온 것이라는데다가 또 잉크로 점잖게 쓰려고 노력한 흔적이 역력하다는 점에 있었을 것이다.

조대식, 이덕원, 손용대, 이 세 녀석이 보낸 편지였다. 이 녀석들이 바로 '독수리 부대' 용사들이라는 것은 겉봉에 적힌 '문화동산 0번지'를 읽고 난 뒤에야 알 수 있었다.

'꼬마 친구들에게서 온 편지'라는 짤막한 말로써 그 편지를 전해 준 조교의 질문과 호기심에 못을 박아 버린 까닭은 내가 그 편지로 말미암아 무척 당황하였기 때문이었다. 이 세 통의 편지는 분명히 일침의 충격이요, 신랄한 질책이 아닐 수 없었다. 나보다도 훨씬 더 성실하게 그 날의 일들을 기억하고, 또 간직하고 있었구나 하는 나의 뉘우침, 그 뉘우침은 상당히 부끄러운 것이었다.

편지는 모두 세 통이 똑같은 내용을 똑같은 잉크와 펜으로 쓴 것이었는데, 아마 한자리에서 서로 의논하여 손용대는 이덕원의 것을, 이덕원은 조대식의 것을, 조대식은 또 손용대의 것을 넘겨다봐 가며 쓴 것이 틀림없었다. 선생님을 사귀게 된 것을 기쁘게 생각한다는 것, 자기들 단체의 이름을 지었으면 알려 달라는 것, 그 때 찍은 사진이 나왔느냐는 것, 그리고 건강하시기를 두 손 모아 빈다는 것 등으로 적혀 있었다.

그 소풍 이후 약 보름 가량을 나는 그들을 결과적으로 농락해 오고 있었으며, 그 날의 내 행위 그것마저도 결국 어린이들에 대한 무심한 '장난질'이 되어 버린 듯한 느낌이 왈칵 나의 가슴 한 모서리에 엉키어 왔다. '시저'를 배반한 '브루투스'는 그래도 '로

마'에 대한 애정이 그를 위로하였던가.

나는 강의가 끝나는 대로 즉시 서울대학교로 달려갔다. 그 때 카메라로 사진을 찍었던 학생(송승호 아니면 이해익으로 기억된다)을 찾았다. 광선에 필름이 노출되어 못쓰게 되어 버렸단다. 사진이라도 가지면 나는 나의 무성의한 소행을 얼마간 만회할 수 있으리라고 생각한 것이 사실이다. 이제는 솔직히 그들에게 사과하는 길밖에 없다. 엽서를 띄웠다.

"이번 토요일 오후 5시, 장충체육관 앞에서 만나자."

꼬마들과의 재회

토요일 오후 5시, 장충체육관 앞의 넓은 광장에서 우리 일곱 명은 옛 친구처럼 반가이 만났다. 이미 한 시간 전부터 나와서 기다리고 있었다는 이 녀석들의 '정성' 앞에서 나는 또 한 번 민망스럽고 초라할 수밖에 없었다. 시간의 낭비라고 생각하기는커녕, 그들의 '빛나는 영광'처럼 또는 '영웅의 동상'처럼 높이 올려다보는 것이었다.

이 때부터 우리는 매월 마지막 토요일 오후 6시에 장충체육관 앞에서 만나기로 약속하였다. 이 약속은 1968년 7월, 내가 구속되기까지 극히 충실하게 이행된 셈이다. 다만 만나는 시간이 조금씩

일러지는 기현상(?)을 연출한 일이 한두 번이 아니었다. 약속 시간은 오후 6시인데도 불구하고, 이 녀석들은 꼭꼭 5시께부터 나와서 기다리는 것이다. 그래서 나도 30분 가량 일찍 나타나서 5시 30분에 만나게 되면, 이제는 4시 30분께부터 나와 있는 것이다. 그러면 이번에도 내 쪽에서 30분쯤 더 일찍 나오지 않을 수 없게 되어, 결국 6시에 만나자는 약속은 '에스컬레이션'을 거쳐 5시로 어느덧 변해 버리고 말았다. 그제야 우리는 군축 회담이나 하듯 다시 6시로 되돌아갈 것을 결의하고, 6시로 되돌아가면 다시 동일한 '에스컬레이션'을 거쳐서 어느덧 5시에 만나게 되곤 하는 것이었다.

우리가 만나서 하는 일이란, 무슨 할 일을 만드는 일 외에 아무것도 없다. 그저 만나서 서로 그 동안 있었던 일들을 나누는 그런 사소한 일에 불과하지만, 그저 만난다는 사실 그것이 그냥 좋을 뿐이었다. 괜히 자기들끼리 시키지도 않은 달음박질 내기를 해 보이기도 하고, 광장 가장자리의 난간에서 서로 떨어뜨리는 내기를 하거나, 모자를 뺏어서 달아나기를 하는 것 등이 고작이었다. 10원에 다섯 개씩 주는 아이스케키를 나누어 먹으며 우리는 난간 부근에서 한 시간 가량 보내고, 약수동 고개를 넘어 문화동으로 올라가는 입구까지 걸어서 내가 버스를 탐으로써 헤어지곤 했다.

두 번째인가 세 번째의 모임에서 우리는 상당히 건설적인 의견의 합치를 보았다. 문화동 입구의 작은 호떡집에서 '문화빵'(10원에 3개)을 앞에 놓고, 매달 10원씩의 저금을 하자는 것이 그것이었다. 6명이 10원씩을 모으면 60원, 거기다 내가 40원을 더하여 매달 100원의 우편 저금을 하기로 하였으며, 이것은 이규한 군이 책임지고 수금과 예금 및 통장의 보관을 맡기로 하였다. 한 달에 100원씩이라 할지라도, 1년이면 1200원, 10년이면 12000원이다. 우리는 그 때 10년까지 계산하여 보았다고 기억한다. 그 날은 공책을 한 권 사서 그것을 우리의 회의록 겸 장부로 사용하기로 하였다.

특기해야 할 사실은, 매월 저금하는 10원은 반드시 자기 손으로 번 것이어야 한다고 결의했다는 점이다. 한 달에 10원 벌기는 자신만만하단다. 물지게 져다 주기, 연탄 날라다 주기 등 산비탈 동네에 사는 어린이들이 끼어들 수 있는 노력 봉사의 사례금이 우리의 수입원인 셈인데, 더러는 아버지나 어머니 또는 집안 식구들의 심부름값이 섞여 있는 것도 어쩔 수 없는, 가난한 우리의 고충이었다. 이렇게 하여 쌓인 우리의 저금은 내가 구속되던 1968년 7월까지 약 2300원이 되었다고 기억된다. 내가 1966년 6~7월, 육사에서 군사 훈련을 받던 두 달과 그리고 1967년 2월, 수도 육군 병원에 입원해 있던 한 달, 그리고 그 외에 한두 번 가량 적금되지 않았으며, 그 대신 언젠가 내가 받은 원고료 수입에서 그 동안의 부족액 약 300원 정도를 불입한 적이 있었다. 그리고 조대식인가 이규승인가가 자기의 무슨 수입 중에서 20원 가량 초과 불입한 일도 있었다.

전봇대 뒤에 숨어 있던 두 신입 회원

1966년 9월에 우리 청구회(靑丘會) 회원 중 두 명이 교체되지 않을 수 없었다. 집이 이사를 간 것이다. 한 녀석은 청량리로, 또 한 녀석은 용산 어디인가로 이사를 갔다. 비록 이사는 했지만, 모임이 있는 날에는 장충체육관 앞에 나오겠다고 다짐을 두고 떠나갔다는데, 연거푸 결석(?)을 하였다. 언젠가는 청량리로 이사간 이대형이 문화동으로 놀러 와서 자기도 청량리에서 친구들을 모아서 회를 만들어 신 선생님의 참석을 부탁할 작정이라는 각오를 피력한 사실이 있다는 것을 듣기는 하였으나, 그 후 영영 이대형 군의 소식은 끊어지고 말았다.

우리는 두 명의 결원을 충원하기로 합의하였다. 그런데도 10월의 모임 때 여전히 충원이 되지 않고 네 명만이 모였다. "요사이는 좋은 아이가 참 드물다."는 것이 그들의 이유였다. 다음 달까지는 꼭 '좋은 아이'를 구하여 충원하기로 하였다. 그러다 그 다음 달에도 역시 네 명밖에 모이지 않았다. 좋은 아이 둘을 구하기는 구하였다는 것이다. "그러면 왜 오늘 참석하게끔 하지 않았느냐?"는 나의 물음에 비실비실 머리를 긁적이더니, 오늘 나오기는 나왔다는 것이다. 어디 있느냐고 물었더니, 저기 저쪽 길 옆의 전봇대 뒤에 서 있는 아이가 바로 그 아이들이라는 것이다.

과연 길 저편 전봇대 뒤에 꼬마 둘이 서 있었다. 우리의 시선이 그들에게로 쏠리자, 그 두 명의 꼬마는 무슨 대단한 잘못이라도 저지른 사람같이 전봇대 뒤로 몸을 숨기고 있는 것이 아닌가? 나는 그 두 명의 아이가 틀림없이 '좋은 아이'라고 단정을 내릴 수가 있었다. 전봇대 뒤에 숨어서 기다리고 있는 그들의 마음씨야말로 딱할 정도로 착한 것이 아닐 수 없다.

전봇대 뒤에 있는 두 명의 신입 회원을 이리로 데려오기 위하여 네 명의 꼬마가 모두 달려갔다. 내가 이 두 명의 꼬마와 악수를 하고 나자, 그제야 이 두 명에 대한 칭찬과 자랑을 늘어놓기 시작하는 것이다. 나는 처음부터 신입 회원의 자격을 심사하거나 가입을 거부할 수 있는 권한이 없는 입장에 놓여 있기 때문에, 다만 새로운 두 명의 꼬마 친구와 인사를 하는 것이 고작임에도 불구하고, 이 녀석들의 표정은 그것이 무슨 커다란 관문의 통과나 되는 것으로 여기는 모양이다.

그 날 우리는 신입 회원의 환영회를 벌이기 위하여 예의 그 호

떡집으로 갔다. 나는 100원어치의 문화빵을 샀다. 신입 회원 중의
한 명은 이규한의 동생(이규승)이고, 또 한 명은 반장집 아들 김정
호였다.

우리는 열심히 모였다. 비가 오는 날이면 장충체육관의 처마 밑
과 층층대 밑에서 만났으며, 겨울철에도 거르는 일 없이 만났다.
회의 명칭도 꼬마들 학교의 이름을 따서 '청구회'라고 정식으로
(?) 명명하였다.

우리의 청구회가 가장 힘을 기울인 것은 역시 독서였다. 나는
매월 책 한 권씩을 회의 도서로 기증하였으며, 회원 각자도 책을
한두 권씩 모았다. 그리하여 '청구 문고'를 만들 작정이었다. 『아
아 무정』, 『집 없는 천사』, 『로빈 훗의 모험』, 『거지 왕자』, 『플루
타르크 영웅전』, 『소영웅』 등등의 책들을 모았다. 청구회의 모임
은 한 달에 네 번인 셈이었다. 매주 토요일에는 자기들끼리 모여
서 내가 추천한 책을 번갈아 가며 낭독하였기 때문이다. 그리고
매월 마지막 토요일에는 그들의 독후감을 이야기하게 하고, 거기
에 곁들여 비슷한 이야기를 내가 들려주기도 하였다. 그리고 가끔
호떡집으로 자리를 옮겨서 한 사람 한 사람의 걱정과 어려운 일을
서로 상의하기도 하였다. 개개인의 걱정은 역시 중학교 진학 문제
였다. 그러나 그것은 중학교에 진학할 경제적 여유가 없기 때문에

생기는 걱정이라는 점에서, 실은 진학 문제라기보다는 사회 진출 문제라고 해야 하는 것인지도 모른다.

우리의 결론은 대체로 1, 2년 뒤에 야간 중학에 입학하는 방향, 또는 자격 검정 고시를 치르고 바로 고등학교(야간)에 진학하는 방향으로 집약되었다. 1968년 7월까지 중학교에 진학한 회원은 조대식 한 명밖에 없었으며, 또 이덕원 군이 자전차포에 취직이 되었을 뿐이었다. 이덕원 군이 자전차포에 취직함에 따라 우리의 모임도 종래의 마지막 토요일에서 첫째 일요일로 변경하지 않을 수 없었다. 그것은 첫째와 셋째 일요일이 이덕원 군의 휴일이었기 때문이다.

삶은 계란 싸 가지고 찾아온 문병

독서 이외에 청구회 꼬마들이 한 일들도 제법 다채로운 것이었다. 이를테면, 우선 동네의 골목을 청소하는 일을 들 수 있다. 나는 그들이 한 달에 몇 번씩 자기 동네의 골목을 쓸었는지 정확히 알고 있지는 않다. 그러나 여름철과 겨울 방학 때에는 매주 2, 3회씩이나 골목을 청소한 것으로 기억하고 있다.

그 다음으로는 겨울철에 얼음이 얼어서 미끄러운 비탈길을 고쳐 놓는 일이다. 땅에 박힌 얼음을 파내고, 그 곳을 층층대 모양으로 만드는 일을 하였다. 그리고 봄철이 가까워 땅이 녹아 질퍽하게 미끄러워진 때에는 연탄재를 덮어서 미끄럽지 않도록 만드는 일도 했다. 나는 물론 이러한 일들에 참여하거나 그들의 업적을 직접 확인한 일은 한 번도 없다. 당시 나는 종암동 산 49번지에 살고 있었기 때문이다.

그 다음으로는 내가 추천하지도 않은 일인데, 그들은 여름철이면 새벽같이 일어나서는 남산 약수터까지 줄창 마라톤을 하였다. 1966년 여름과 1967년 여름을 줄곧 새벽같이 뛰었던 것이다.

내가 이 청구 용사들을 잊을 수 없는 일이 하나 있는데, 그것은 1967년 2월, 내가 수도 육군 병원에서 담낭 절제 수술을 받고 입원하고 있을 때의 일이다.

그 달의 모임에 참석할 수 없노라는 사연을 간단히 엽서에 적어서 띄우면서 혹시라도 병원으로 문병 오지 않도록, 곧 퇴원하게 될 터이니 절대로 찾아오지 말 것을 부탁하였다. 그래서 그 꼬마들은 내가 퇴원할 때까지 다행히 병원에 오지 않았다. 그러나 다음 달에 우리가 만났을 때, 그들이 두 번이나 찾아왔다가 두 번 모두 위병소에서 거절당하였음을 알았다. 그것도 삶은 계란을 싸 가지고 왔단다. 더욱이 나이가 가장 어린 이규승은 평소에 길을 걸을 때에도 꼭 내 팔에 매달리며 걸었는데, 그 땐 저 혼자서 병원까지 왔다가 되돌아갔단다.

물론 삶은 계란은 자기들끼리 나누어 먹었겠지만, 그들이 그렇게 벼르고 별렀던 서오릉 소풍 때에도 계란을 싸 가지고 갈 수 없을 만큼 가난한 형편을 생각하면 결코 잊을 수 없는 일이다. 그들은 문화동에서 멀리 병원까지 걸어서 왔다가 걸어서 돌아간 것이었다. 나는 이 꼬마들로부터 꼭 한 번 선물을 받은 적이 있다. 1966년 크리스마스 때였다. 카드 한 장과 금관 담배 한 갑이 그것이다. 아마 이 선물을 위하여 일 인당 10원씩 거두었던 모양이다. 왜 내가 그것을 짐작할 수 있는가 하면, 손용대와 이덕원의 표정에는 자기 몫인 10원을 내지 못하였다는 미안하고 침울한 심정이 너무나 역력하였기 때문이다. 나는 크리스마스 때 선물이나 카드를 주고받지 않기로 하였던 지난 달의 결의를 들어서 앞으로는 다시 이런 낭비(?)를 하지 않기로 의견을 모았다. 이러한 우리의 결심이 과연 어느 정도로 수긍이 가는 것이었는가, 그리고 손용대와 이덕원의 침울한 심정을 과연 조금이나마 위로하였는가라는 점에 있어서는 상당히 비관적이 아닐 수 없었던 것으로 기억된다.

나는 1967년 1월 1일께에 이 꼬마들에게 배달되도록 날짜의 여유를 두어서 사관학교의 그림 엽서 한 장씩을 우송하였다.

1967년 6월, 나는 수술 후 완전히 회복되었기 때문에 4월부터 미루어 온 봄 소풍을 가기로 약속하였다. 이미 6월이 되어 차라리 여름 소풍이 되어 버린 셈이지만, 우리는 이 소풍을 벌써 여러 차례나 의논하고 계획하였으며, 미리부터 마음을 설레어 온 터였다.

백운대 봄 소풍 작전

우리는 이번 소풍이 전번보다 더 풍성하고 유쾌한 것이 되도록 우리 청구회 외에 다른 그룹도 참가시켜 동행하도록 하기로 결정하였다. 목적지를 이번에는 백운대 계곡으로 정하고, 다른 그룹에 대한 교섭은 물론 내가 책임을 맡았다. 나는 처음에 다른 꼬마들을 참가시킬까 생각하다가 곧 이런 생각을 취소해 버렸다. 청구회가 주인이 된 소풍에 또다른 꼬마들이 곁든다는 것은 그 손님이 된 꼬마들이 비록 세심한 배려를 받는다고 하더라도, 필경 어색하고 섭섭하지 않을 수 없기 때문이다.

그래서 우선 내가 지도하고 있는 이화여자대학교의 세미나 클럽 '청맥회'에서 청구회의 내력과 봄 소풍의 계획을 피력하여 열렬한(?) 동의를 얻는 데 성공하였다. 그러고 나서 나는 육군 사관 생도들을 동시에 참가시키기로 작정하였다. 육사 생도의 화려한 제복과 반듯반듯한 직각의 동작은 평소 우리 꼬마들의 선망의 대상이 되어 왔기 때문이다.

신영복

나는 당시 10주의 훈련을 거쳐 육군 중위로 임관하여 육군사관
학교 교수부에서 경제학을 강의하고 있었다. 1966년 8월, 임관 직
후 내가 예의 그 허술한 국민복 상의를 벗어 버리고, 정복 정모에
계급장을 번쩍이면서 장충체육관 앞에 나타났을 때, 청구회 꼬마
들의, 큰 눈으로 신기해하고 자랑스러워하는 품이란 그대로 흐뭇
한 한바탕 축하회였다. 그 날 나와 꼬마들이 옆으로 늘어서서 이
야기를 주거니받거니 걸어가는데, 저만큼에서 육군 병사 하나가
차렷 자세로 내게 경례를 하였다. 그 병사가 구태여 보행을 중지
하고 멈추어 서서 차렷 자세로 정식 경례를 한 마음씨를 가히 짐
작할 만하였지만, 그 광경을 목격한 이 꼬마들의 뛸 듯이 기뻐하
는 모습에서 나도 제법 으쓱해지려는 치기를 어쩔 수 없었다.

　이번의 봄 소풍에 육사 생도를 참가시키자는 것은 오히려 꼬마
들 쪽에서 먼저 얘기를 꺼낸 것이기도 하였다. 나는 3학년 경제 원
론 시간에 강의의 분량을 일찍 끝낸 다음, 생도들에게 청구회의
봄 소풍 작전을 공개하여 그 참가를 희망하는 생도는 학과 시간
후 경제과 교수실로 와서 신청하도록 선전(?)하였다. 상당히 광범
위한 반응이 일었다. 이처럼 많은 참가 희망자가 쏟아져 나왔다는
사실을 나는 결코 이화여대의 '청맥회'가 동행하기 때문이라고 생
각지는 않았다. 청구회 꼬마들에 얽힌 몇 가지의 에피소드만으로

서도 충분히 호감이 가는 소풍이 아닐 수 없었다. 나는 다른 생도들보다 일찍 신청하고, 그것도 여섯 명이 한 조로 참가 신청한 생도와 약속하였다. 그 후 많은 생도들의 신청을 무마하여 다음 기회로 미루어 돌려 보내느라고 상당히 오랫동안 고역을 치렀다.

이렇게 하여 우리의 봄 소풍 일행은 최종적으로 그 인원이 확정되었다. 청구회 여섯 명, 청맥회 여학생 여덟 명, 육사 생도 여섯 명, 그리고 나, 이렇게 스물한 명이었다. 그리고 각 그룹별 책임을 분담하였다. 이 책임이란, 소풍에 필요한 점심과 간식에 소요되는 최소한의 준비였는데, 이미 이 분담도 참가 신청 이전에 참가의 조건으로 제시된 바 있었으므로, 그것을 다시 상기시켜 잊지 말도록 하는 이상의 것은 없었다. 여학생들은 점심 식사에 필요한 주식과 부식 준비, 육사 생도들은 과자나 과실 등의 간식 준비, 그리고 청구회 꼬마들은 주빈답게 그저 아이스케키 30개 값을 지참하는 정도로 체면 유지에 그친 것이었다.

이 아이스케키 값도 목적지에 도착하기도 전에 동이 나고 말았지만, 여학생들이나 육사생들보다 한술 더 떠서 선수를 쓴 셈이 되어 상당한 갈채를 받았다는 점에서 그 비용에 비하여 효과는 지극히 훌륭한 것이었다.

신 영 복

역사와 애정을 키운 만남

1967년 6월 4일 일요일 오전 10시 30분, 우리 일행은 수유리 버스 종점에서 모이기로 하였다.

나는 9시 30분에 문화동 입구 청구초등학교 앞에서 꼬마들과 만나서 시내 버스를 두 번 갈아 타고 수유리 종점에 도착하였다. 먼저 와서 대기하고 있던 여학생들과 사관 생도들은 우리의 도착으로 비로소 서로가 그 날의 동행인이라는 사실을 알게 되었다. 나는 그들의 책임 분량의 완수 여부를 점검하였다. 초과 달성이었다. 주부식에 국한되었던 여학생들이 딸기나 과자 등을 지참하였는가 하면, 생도들의 짐 속에는 쌀까지 들어 있었다. 일요일에 등산 또는 소풍 가는 생도는 학교로부터 쌀의 정량을 지급받을 수 있기 때문에 악착같이 타 왔단다.

이 날, 청구회 꼬마들은 여학생들과 사관 생도들로부터 대단히 우대를 받았다. 가난한 옷차림을 낮추어 보는 시선도 없었고, 가난한 옷차림을 부끄러워하는 마음의 구김새도 없이 '신나게' 놀았던 하루였다.

사관 생도들은 육군사관학교로 꼬마들을 초대하겠다는 호의를 베풀었고, 여학생들은 '청구 문고'에 도서를 기증하겠다는 약속을 했다. 오후 5시계 수유리 종점에서 헤어질 때까지 우리는 줄곧 의

졋하게(?) 처신하면서 청구회의 위신을 손상시킴이 없도록 자제하기도 하였다. 그래서였던지 그 후, 동행들로부터 각종 찬사와 격려를 받았다.

우리는 계속 부지런히 장충체육관 앞에서 만났고, 엽서와 편지를 주고받아 가며 그런 대로 우리의 역사를, 우리의 애정을 키워 왔다. 지금 옥방에 구속된 몸으로 이 글을 적으면서도 애석하고 어색한, 이른바 실패의 쓴 기억처럼 회상되는 일이 있다. 그것은 1968년 1월 3일에 나는 청구회 꼬마들을 우리 집으로 초대하여 간소한 회식을 갖자고 제의하여 이 꼬마들의 승낙을 받았다. 그랬는데도 약속날인 1월 3일 12시, 동대문 실내체육관 앞에는 한 녀석도 나타나지 않았다. 나는 이들의 초대를 위하여 어머니에게 이들 한 사람 한 사람을 소개하여 '회식'의 준비에 각별한 애정을 느끼게끔 미리 터를 닦아 놓기까지 한 계제였다. 12시부터 약 1시간 40분 동안 추운 버스 정류소에서 이들을 기다렸다. 처음 한 시간은 12시 약속을 1시 약속으로 착오하고 있을지 모른다는 생각으로, 그리고 그 후 40분간은 도중의 무슨 일로 좀 늦어지는 것인가 하는 마음으로 기다리는 새 도합 1시간 40분을 한길가에 서서 기다렸다. 흔히 약속 시간보다 1시간씩이나 일찍 나타나곤 하던 이 녀석들 특유의 버릇을 생각해서 근방의 가게나 담배 장수에게 소상히 문의해 보는 일도 잊지 않았다. 나는 어깨를 늘어뜨리고 집으로 돌아와서 오히려 어머님의 실망을 변호하여야 했다.

나는 지금도 그 때 녀석들이 약속을 지키지 않은 까닭을 정확히 알 수가 없다. 사실은 그들이 나오지 않았던 이유 자체가 심히 모호한 것이기도 하였다. 어쩌면 나에게 폐를 끼치는 일이 되는 것이라 생각하였음인지, 아니면 부모들에게서 역시 동일한 까닭으로 해서 금지당하였는지……. 그들의 대답과 표정은 모호하였을 뿐, 분명한 '해설'이 없는 채 그대로 지나치고 말았다. 바로 이러한 점에서 나의 고충이, 그리고 그들 쪽에도 하나의 고충이 있었던 것 같다.

이러한 종류의 미묘한 고충이 한두 번, 그나마 가볍게 노출되었던 외에 무슨 다른 곤란이 있었던 것은 아니었다. 다만 중학교에 진학하지 못하고, 고작 검정 고시로 가난하게 마음을 달래고 있는 이들에게 중학교의 입학금과 학비를 내가 조달하여야 하는가의 문제가 나를 상당히 우울하게 하였다. 나는 이 문제에 관해서는 분명한 논리와 체계를 갖추고 이성적으로 행동하였다고 주장할 충분한 논거가 있기는 하나, 문득문득 눈앞에 서는 이 초등학교 '7학년', '8학년' 꼬마들의 위축된 모습에서 여러 차례에 걸쳐 번민하지 않을 수 없었다. 매달 100원씩 붓는 우리의 우편 저금이 먼

훗날 어떠한 형식으로 이 잃어버린 중학 시절의 공허와 설움을 보상해 줄 수 있겠는가?

1966년의 이른 봄철, 민들레 씨앗처럼 가벼운 마음으로 해후하였던 나와 이 꼬마들의 가난한 이야기는 나의 불행한 구속으로 말미암아 더욱 쓸쓸한 이야기로 잊혀지고 말 것인가…….

언젠가 먼 훗날, 나는 서오릉으로 봄철의 외로운 산책을 하고 싶다. 맑은 진달래 한 송이를 가슴에 붙이고 천천히 걸어갔다가 천천히 걸어오고 싶을 따름이다.

신 영 복

사람 사이에 삶의 길이 있고

1993년 12월 20일 1판 1쇄
1997년 3월 5일 2판 4쇄
2007년 3월 5일 2판 14쇄
2007년 5월 28일 3판 1쇄
2018년 2월 28일 3판 8쇄

지은이 도종환 외
엮은이 강혜원

편집 김태희, 박찬석, 조소정 | **디자인** 이혜연
제작 박홍기 | **마케팅** 이병규, 양현범, 박은희

출력 블루엔 | **인쇄** 코리아피앤피 | **제책** 정문바인텍

펴낸이 강맑실
펴낸곳 (주)사계절출판사 | **등록** 제406-2003-034호
주소 (우)10881 경기도 파주시 회동길 252
전화 031)955-8588, 8558 | **전송** 마케팅부 031)955-8595 편집부 031)955-8596
홈페이지 www.sakyejul.co.kr | **전자우편** skj@sakyejul.co.kr
블로그 skjmail.blog.me | **페이스북** facebook.com/sakyejul | **트위터** twitter.com/sakyejul

ISBN 978-89-5828-229-7 44810
ISBN 978-89-5828-473-4 (세트)

이 도서의 국립중앙도서관 출판시도서목록(CIP)은 e-CIP 홈페이지(http://www.nl.go.kr/cip.php)에서
이용하실 수 있습니다.(CIP제어번호: CIP2007001348)